노랑은 색이 아니에요

# 노랑은 색이 아니에요

이장호 시집

소울앤북

시인의 말


익숙한 이름을 적다 보면 문득 낯설어진다

승현주영정은하중경미기혁상향준용헌순홍윤명
가철수숙진환규광침서관의균봉근원석왕식택무
창섭형배병혜신태일치성양소도손대조복라재최
안삼덕연모남김홍이장호국군필사오언문범화부
추민우왈유종선인두례로만완길춘교건효엄해여
염리럴애강심고전옥란박나공임차채한송아구지
희금법보변동시찬

나도 늘 낯설어지고 싶다


2023년 11월
이장호

# 차례

1부

# 익명의 프레임

.

배경은 빨간 꽃 잎사귀 그림자는 보편적인 그림자 색
꽃잎은 떨어지려는 의도를 내색하고 있는 듯 아래
로 늘어져 있다
흰색이었던 과거는 흰 물감을 덧칠하면서 현재로 바
뀐다

액자는 몇 개의 색을 가두어 주변의 시선으로부터
독립시킨다
캔버스에 스며든 물감은 여러 가지 파장을 일으키
는데
자색과 적색 바깥의 색들은 보이지 않는 색으로 캔
버스를 위협한다

그림은 어느 벽에든 걸려야 비로소 의미를 갖게 되
지만
관객은 누가 만든 프레임인지 알지 못하고 프레임
속에 갇히고 만다

꽃은 잠시 떨어지는 중이거나 그려지는 과정에 있
다 모호한 여론은 프레임이 완성되는 순간부터 색을
가진다

꽃으로 색을 배운 관객은 갤러리에 모여 그림을 읽
는다
연출된 음악과 동선을 지나며 같은 색의 액자에 사
로잡히게 된다

꽃은 흰색이거나 붉은색으로 그려지는 중이다

액자는 언제나 벽에 걸리는 중이거나 걸려 있기를
원한다

## 벽에 바름질을 하고

손을 놓았던 미장손이 시멘트에 굳어 있어
반듯하던 날은 뭉툭하게 무디어져 있고
서로 부딪히어 뭉친 것들을 털어주고 나면
다시 또 새로운 벽 앞에 마주 설 수도 있겠지

틈이 있는 곳은 골고루 메꾸어 잡고
부른 곳은 걷어내서라도 반듯하게 발라주어야 해
똑같은 굴곡은 아니라도 손 닿는 거리쯤에는
늘 절망으로 흘러내리려는 절벽 같은 것도 있지

수직으로 떨어졌던 한때의 말들도
적당한 눈물과 사과를 섞어 바르면
다시 서로를 받쳐 주는 벽이 될 수 있을까
슬픔을 빨아들여 단단해진 벽도 종내에는 시간이
필요할 뿐

마른 가슴이 되기는 마찬가지겠지만

홀로 서 있는 벽은 외로우니까 위험하지 않을까
가로질러 만나는 벽들이 있어야 넘어지지 않고
무른 바름질도 견디고 매끈하게 서 있을 텐데

벽이 되고 싶어 미장손을 놓았었지
바람을 막아주고 그 곁을 무뚝뚝하게 지켜주고 싶
었는데
그는 하얀 나무처럼 변했어
벽을 허물어 하얀 나무밭을 일구고 싶다고
보이는 벽마다 아픈 걸개를 걸었어

걸개를 바꿔 달아도 변하는 것 없이
하얀 나무밭에는 살갗이 벗겨진 벽들만 남았고
벽은 눈물 자국 하나 없는 슬픔이 마르고 있다

나는 벽이었지만 더는 벽이 아닌 사람이 되어
또 다른 마른 가슴에 바름질을 할 수 있을까

## 노랑은 색이 아니에요


늙은 호박은 언제부터 늙어 있었는지
날카로운 말을 찔러 넣어도 아프지 않은가 봐
비릿하며 달짝지근한 외로움은 어디에 숨겼을까
단단했던 침묵은 노랗게 짓물러지고 꼭지만 말라
간다


늙으면 약해지고 상처를 잘 입을 텐데
조심해서는 껍질을 벗기기 어렵다
따끈한 눈물을 흘리고 나서야 훌훌 벗어지는 것들
그렇게 칼칼한 낱말들만 사용했던 것은
어쩌면 뜨겁게 울어줄 무엇이 필요해서였는지 모
른다


궁금한 안부에 통통하던 반응은 속을 갈라 보고야
알게 된다
씨앗들이 파먹고 남긴 것은 노랗게 휜 공간
그 빈 곳을 숨기려고 껍질에 잔뜩 힘을 주고 있었

나 보다

엄마는 노랗게 아팠다
지천이 은행잎으로 깔린 공원을 자주 걸었고
시집도 오기 전부터 고개 숙인 벼밭을 거두기도 했다
맑은 눈에 노란 물을 들이고 나서부터는
돌아누우며 뜨거운 음식을 멀리 두었다

차갑게 식은 죽을 데우고 있지만
나는 아직 어느 한 곳도 뜨거워지지 못하고
노오란 동굴만 파고 있는 중이다

## 슬픔은 팔지 않아요

사내가 커피를 내려줍니다 밤새 홀로 지킨 시간이
향기로 퍼집니다 김밥을 데우는 남자가 있고 담배를
사는 여자도 있어요

스무 해가 넘도록 관절염 약을 팔았어요 뼈 사이 염
증이 통증을 일으키는데, 약을 먹으면 증상이 줄어들
어요 사실 온몸의 통증에 작용하는 것이지만 가장 아
픈 곳이 덜 아파지는 거지요

사람들을 만나러 갔었지요 아픈 사람과 아프지 않
은 사람, 아플까 봐 혼자가 된 사람, 아파서 혼자가 된
사람

폐쇄 회로에 갇힌 지문이 자동문을 열어 주었어요
목표를 달성해야만 열리는 문은 그에게 아무 감정이
없어요 사람들을 만난다는 건 통증의 전달 과정입니
다 체계적인 교육을 통해 감정의 낭비 없이 진통제를

투여하는 것이지요

　왼발부터 내딛는 습관이 몸의 중심을 흔들고 상사
에게 예스, 라고 대답하는 동안에는 항상 그의 왼발
을 긴장하게 했지요 오른발이 끌리며 걷는 모습에 더
이상 회사를 다니지 못하고 집 근처에 편의점을 차렸
어요

　사람을 만나러 다니지 않아도 24시간 찾아오는 사
람들이 있어 편리합니다 필요한 것들을 필요한 만큼
만 포장해 두었으니 서로 감정을 교환하지 않아도 됩
니다

　편의점을 찾는 사람들은 혼자 갑니다 누구에게 나
누어 줄 눈물도 사지 않아요 다른 사람을 위해 굳이 슬
픔을 결제할 필요는 없으니까요

## 마당귀에 선 사내


굽은 등의 사내가 표면을 걷는다
느닷없이 떠나더라도 남는 것 없이 쓸어낸다

분주하게 걷던 걸음은 멀어지고 뒷모습만 남았다
한쪽으로 휘어 있는 몸뚱이는 무엇이든 쓸어내기
에 적당하다

한때 어디선가 중요한 일부였으나
주변을 서성이는 일만 몸에 배인 지 오래
다시 돌아갈 수 없는 시간들이 자꾸만 쌓인다

한 번도 중심에 서지는 못했다
일이 끝나면 변두리에 자리했다

때로는 생계에 필요한 도구였지만
때로는 성난 자의 분풀이 수단으로 쓰였다

직선으로 걷는 걸음이 몸을 휘게 만들었지만
단순 명료한 삶이었고
늘 정갈함을 유지하였다

필요한 것들만 채워진 속은 빈틈이 없지
굽은 몸마저 옆으로 눕고 나면
직선으로 걷는 이가 또 올 것이고
남은 것들이 떠도는 표면은 다시 정돈될 것이다

기울어진 그가 어둠 속에 서 있다

# 꽃다발을 꽂은 파란 꽃병


꽃병은 파란색을 바탕으로 검정 문양이 엇갈려 그려 있고

문양이 빈자리는 사슴과 나무와 열매가 채우고 있다

가운데는 볼록하고 위아래가 좁은 항아리 모양의 꽃병은

꽃이 아니라 무엇이든 담을 수 있는 듯하다


꽃병의 주변은 꽃 색깔의 나비와 나비 색깔의 꽃이 흩어져 있다

좋아하는 것을 쫓다 그것들의 색이 되면 행복한 것일까

검은 꽃은 배경을 쫓아가다 변한 것인지

배경의 의도대로 그렇게 되었는지 경계가 분명하지 않다


꽃병의 꽃들은 붉기도 푸르기도 하고 어둡기도 하다

밖으로 떨어진 이파리는 꽃병으로 들어가지 못하고

꽃이었던 사실을 잊지도 못하고 떨어진 모양 그대
로다
그들에게 오랜 시간은 어떤 희망이었을까
절망을 가둔 채 어떤 이를 기다리는 것일까


빈 길에 꽃을 모아본다
지워지지 않는 계절이 반복되겠지


오래도록 어떤 배경이거나 누구의 기억이 되어
빈 길에 모아놓은 꽃은 각자 좋아하는 색으로 물들
어 가겠다

# 레고 가족

아이는 소방관을 아빠로 데려왔다
엄마는 군인이었으나 집에만 있게 한다
할아버지는 공원에 우두커니 서 있고
소방관은 빌딩 옥상에서 거꾸로 매달려 있다

누구를 구하고 있는 순간인지 알 수 없지만
아빠를 기억하는 순간은 언제나 멈춰 있다
아빠는 이제 해적 모자를 쓰고 트럭에 앉는다
마트에 쇼핑 가던 엄마는 해적을 만나 피시방으로
출발한다
길드 모임이 있는 날이다

엄마 아빠는 우주선을 타고 적들을 무찌르고 있다
적들은 엄마 아빠를 의자에 묶어두고 결제를 요구
한다
컵라면 두 개와 음료수는 그들의 전투력을 끌어올려
모니터 속 우주로 긴 여행을 떠날 것이다

아이는 정글 속 슈퍼마켓을 찾아 햄버거를 주문한다

전자레인지에 넣고 오래 돌렸지만 여전히 딱딱한
버거를 만져본다

세상에 말랑한 것은 없을지도 모른다


오목한 것과 볼록한 것이 빈틈없이 들어맞는구나

우주선과 정글, 도시를 잘 끼워 보면 큰 버거를 만
들 수도 있겠어

해적 모자와 군복을 벗기고 엄마와 아빠와 나를 한
집에 모아놓고 해피홈 세트를 만들어 본다


말랑한 것이 필요해

당기면 늘어나기도 끊어지기도 하지만

뭉쳐서 만지면 다시 하나가 되기도 하는 그런 관계

짜임새 없이 허술하지만

그 사이에 밍밍한 무엇이 포함되어 있는

말랑한 것

# 검은 말을 탄 흑인의 사진

달리는 모습을 여러 장 찍어 놓고 보니 네 개의 발이 유기적으로 움직이고 있다는 것을 이해하게 되었다 각자의 순서를 어떻게 정하였는지 궁금하지만, 가볍고 빠른 발을 먼저 뻗고 튼튼하고 중심이 좋은 발이 나중일 거라 생각하니 시선은 말의 눈으로 옮겨간다

붉은색을 볼 수 없는 아이가 당근을 전해 주고 말은 배가 부른지 몇 번 씹다가 멈추고는 사진만 물끄러미 쳐다본다 360도를 볼 수 있다면 무척 편리하겠지만 한 곳을 집중하기 위해서 더 많은 노력이 필요할 수도 있겠다 달리는 동작으로 멈춰 있는 사진은 계속 달리고 있다는 추측을 남기기도 하고 때론 뛰어가고 싶은 욕망을 느끼게 하는 것 같다

아이는 뛰어가는 말을 보았는지 아니면 욕망을 느꼈는지 어떤 어른에게로 뛰어간다 무슨 말을 하고 있는지 들리지는 않지만 표정을 보니 호기심과 칭찬에

관한 것으로 짐작된다 날이 어두워지는 사이, 동물원
에서는 말에 대한 활동사진을 제외하고는 아무것도
보이지 않는다 어둠은 움직이는 무엇에게 숨을 수 있
는 배경이 되기도 한다

　아무도 남아 있지 않다고 생각하는 순간부터 흑인
이 보이기 시작한다 말 위에서 웅크리고 뛰어가는 곳
을 꾸준히 응시하고 있는 한 사람 그는 검은 말 위에서
말과 하나 되어 흑인이 되었으며 또는 칼라 사진 이전
의 사람이기에 흑인이기도 하겠다 그렇다면 검은 말
도 검은 말이 아닐 수도 있지 않을까 기록은 가끔, 미
래의 편견을 만들어 내기도 한다는 말도 안 되는 생각
을 말해 볼까 한다

# 비누

퉁퉁 불어서 약해진 살갗
손만 닿아도 살점이 떨어져 나가는
미끈한 비명을 지르며 바닥에 떨어지는 살냄새

침대에 놓으면 움푹 파이는 자국
중력을 이기지 못하고 푹 꺼져 버리는
소리 없이 누운 자리에 꽂혀 버리는 살덩어리

손가락으로 꾹 눌러도
누른 자욱이 기억이 되어 버리는
살냄새 나는 흔적을 가지는 기억들의 자욱

단단해야 한다
욕실에 불이 꺼지고
어둠 속으로 한낮의 기억이 내려앉으면
흐드러지는 살갗을 움켜잡고
단단한 생각을 해야 한다

눈물은 꾹꾹 눌러 짜 버려야 하고
움직임은 작게 하여 바람을 찾아야 한다
바람은 마주하고 버티는 것이 좋다
오랜 슬픔을 노래해도 다시 돌아오니까

비듬처럼 얇은 시간이 더디게 흐르고
담담하게 슬픔을 받아들이게 되었을 때
촉감으로만 남아있던 그에 관한 기억들은
두 손에서 미끄러져 간다

녹아 없어지는 것이 두렵지만
부드럽게 남긴 촉감의 기억이 있어
바람이라도 만지는 날에는
미끄러웠던 그를 문질러 본다

## 발우

두터운 입술은 거친 욕설을 뱉기에 적당하며 가시
돋친 음식을 두려움 없이 먹어 치울 것처럼 보인다
　한 번 들어가면 소리조차도 다시 나오지 않는 그 입
은 자줏빛을 띠고 있다

　노임을 못 받아 회사 정문에 드러누울 때도 콧바
람만 불어댈 뿐 잔털이 무성한 코끝에 눈물만 맺히
고 만다
　짧은 눈썹 때문에 고통스러운 속마음과 반대로 낙
관주의자로 오해를 받기도 한다

　15일간의 단식투쟁도 주목받지 못하는 것은 물 한
모금 먹지 않는 강한 정신력에 기인한 것인데 타원형
의 피가 흐른다는 소문이 돌면서 해지는 사막에 홀로
남겨졌다

　회사의 험한 여정을 함께했고 큰불이 났을 때는 여

러 사람을 구하기도 했지만
　그들은 무리를 떠나 다른 곳으로 가기도 하고
　오아시스에 주저앉아 구원자를 기다리기도 한다


　사막의 시작은 사막이 아니었을 텐데
　시작의 기억은 사라지고
　뜨거웠거나 차가웠던 모랫길만 남아 있다


　등줄기에 종양이 생겨나고 장애 등급을 받고 나니
더 이상 사막의 끝에 갈 수 없다
　하얀 병실에 엎드려서 굽은 등을 만져 보며
　뜨거웠던 모랫길을 지워간다

# 선인장은 시들지 않아요

뾰족한 기억들은 죽지 않지
눈물로 가득한 몸이지만 슬픔을 나누어 주지는 않아
햇살에 앗긴 날들은 쏘아 버릴 수 없는 앙상한 화
살을 남겼지
화살은 가까운 이들에게 향하는 몸부림이야
눈길조차 조심해 달라는 깃발이야
괜찮냐는 사소한 물음에도 울음보가 터질 수 있거든

작은 바람에도 송두리째 흔들리는 모습 보이고 싶
지 않아
모래 속으로 자꾸 들어갔어
모래 끝에는 단단한 껍질을 가진 슬픔이 있을지도
모르잖아
거기에는 온몸이 흠뻑 젖어도 위험하지 않은 몸들
이 있을 거야
그들의 유전자를 물려받으면 마음껏 울어도 몸이
짓무르지 않을 거야

흰 국화를 꽂아 놓는 오아시스가 되고 싶어
눈물 자국 없이 울 수도 있겠어
뾰족한 화살 하나 꽂지 않아도 온몸이 흠뻑 젖어도
하얀 꽃 한 송이 단단히 물고 있을 거야
울어도 짓무르지 않는 단단한 껍질을 가진 슬픔을
찾았거든

## 불안도 장사가 되나요


소문을 만들어 파는 사람이 있다
지워진 과거를 살려 모양을 만들고 색을 입힌다
맛있는 색을 가진 소문은 점점 커지다가
무게를 잃고 가벼워진다

소문을 사서 들어가는 길에 소나기를 만난다
빌딩들 사이로 스며든 소문은 아름다운 날개를 가
졌다

어디에서 다시 나타날지 모르지만
끈적한 기억은 단단해질 수 있을까
다시 부서지면 하얀 가루가 되겠지
수분이 없는 소문은 바람을 견딜 수 없을 거야

말이라는 건 생기기도 하고 사라지기도 하잖아
오래된 말들이 자막처럼 마음에 새겨지면 좋겠어
어떤 부사도 필요 없이 자막의 행간을 꽉 채우게

하지 않은 것에도 미련이 생기니까
오지 않은 시간도 그럴 수 있잖아

유명 화가가 그렸다는 밑그림을 샀어
맛있는 색은 소문이 되어 날아갔으므로
밑그림을 깨끗이 지워 보려고 해
아무것도 없는 도화지는 과거가 되겠지만
색을 칠하지 못할 거라는 불안은 없겠지

소문을 파는 사람에게 도화지를 가져가 볼까
어떤 색을 칠하든 그건 그의 기법이겠지

저수지


한 사내가 그의 품으로 뛰어들었다
삼십 년 마른 몸으로 살아온 흔적
젖을 시간도 없이 잠기었다

들어간 흔적 없이 수면은 평온하다
시간은 그의 편이다
흐르는 모든 것은 멈춘 것을 만나 막막해진다
더 가야 하는지 머물러야 하는지
수면을 바라보면 생각조차 멈춘다

아무도 그 속을 본 적이 없다
긴 가뭄에도 그의 바닥을 볼 수 없고
장마는 그를 넘치게 하지 못한다
가까이 들여다보면
보는 이의 얼굴을 비춘다

마른 논을 가졌거나

정처 없이 흐르던 물이던가
가슴 밑까지 긴 물음표를 던져 넣는 사람이
그를 찾는다

시간을 삼킨 정적이 계속되고
돌이키기엔 늦은 봄
그를 둘러싼 소문들도 뒤늦게
물밑으로 투신하고 있다

## 모음으로 말해 줘

가슴을 부풀려서 숨을 마셔 봐
입속을 둥글게 만들어 소리 내는 거야
자음은 없어도 괜찮아
하나의 문장이 아니어도 좋아
느끼는 그대로 담아서 보내 줘

높고 낮음이 없어도 좋겠어
감탄사처럼 마음이 느껴지는
한마디 모음이라면 충분해
소리를 낼 수 없으면 모양만 보여 줘
가까이 있으니까 그걸로 충분해

배우지 않아도 표현할 수 있는
언어나 문장이 아니어도 괜찮아
모음으로 말해 줘

2부

# 맹장은 어디쯤일까


아버지는 지하 수백 미터 아래에다 땅을 사셨다
가족과 멀어질수록 날마다 더 깊은 곳으로 내려가
셨다
그곳에서 밭도 일구고 집도 짓고 캄캄한 식탁도 차
리셨다
만화영화를 보고 나면 무성영화처럼 방을 나가신
아버지
통근버스를 타고 외로운 땅으로 들어가셨다
지하수가 솟아나면 틈새를 막고 암반이 나오면 틈
을 깨고 들어가
마침내 새로운 막장을 만나셨다

고요와 어둠 속에 단칸방을 내어
더 이상 이사 가지 않아도 되는
사글세도 전기세도 없는 완전한 터를 잡으셨다

막내로 자라 제 역할을 하는지도 모르는 사이

그는 한 가정의 전부가 되었고
밤낮이 어긋나는 지하에서
어떤 역할을 하는지 알 수 없던 생은
단칸방에 들어서자 비로소 명백해지곤 했다

오랜 후이거나 처음부터이거나
그는 두 사람의 아들이었으며 네 사람의 아버지였다
해마다 우기가 지나고 통증 환한 기일이 돌아오면
외로운 땅은 복부 아래쯤에 묻어두고
나도 아들이거나 아버지가 되어
봐도 그만 안 봐도 그만인 무성영화를 보고는 한다

## 무슨 잼을 바를까요

팔다 남은 것들을 묶어 파는 빵집
허기를 덤으로 묶어 계산한다
묶인 빵들은 질식하기 직전에 풀려나
하나둘 구멍 속으로 사라져간다

유기농이라 구멍이 많으니 딸기잼을 발라야겠어요
칼끝을 세우고 차가운 모닝빵을 가르는 사이
빵 껍질이 빵 속으로 밀려들어 간다

통증은 없겠지만 조용한 비명이 들리고
곧 들이닥칠 끈적한 침입자를 두려워하는 것인지
몸을 웅크리고 시선을 피하는 것들

엄마는 개복수술을 해야 한대요
여러 곳으로 전이된 덩어리들을 찾아 꺼내야 한대요
여덟 번의 산통보다 더 두려운가 봐요
침대 속에서 자꾸만 웅크리더니

애를 여덟이나 꺼냈는데 뭐시 더 있을랑까

　작은 거니까 금방 꺼내고 묶으면 되니 겁먹을 거 없
어요

　무신 거는 없지 이자 그래도 차가운 거는 싫고만
　따순 빵이나 한 조각 먹었으면 좋겠는데

　빵집은 비어가고 간판 불도 꺼지고
　진열대에는 식은 빵 한 묶음 남아있고
　오븐은 완전히 식었을 테지

　빵 굽는 방법을 배워야지
　문 닫아도 따순 빵 하나 구워드리게

# 미장 조 씨

나이 쉰둘에 명퇴하고
고향 내려와 치킨집 차렸지만
치킨보다 닭백숙을 찾는 사람들이 더 많았다

공사장을 다니다 미장 일을 배웠다
벌이도 제법이었지만
손에 붙는 일을 만나 흥이 났다

시멘트에 막걸리 섞어 벽을 바르기도 했다
벽을 바르는 일이 좋았다
반죽이 마르고 탄탄한 결이 탄생하면
조물주의 그것을 어렴풋이 알 듯도 했다

종일 쌓은 벽과 물을 나눠 마시고
바람에 몸을 맡기면
살결 탱탱해지는 소리가 들렸다

물을 버려야만 튼튼한 벽이 되었다
벽이 있어야 아늑한 공간이 생겼다

벽은 그저 서 있을 뿐이었는데
갇히고 부딪치는 것은 사람들이었다

벽과 벽 사이에 혼자 있는 게 좋았다
사람과 사람 사이에 벽으로 산 적이 있었다
그때마다 기댈 곳은 벽뿐이었다

# 관계를 파는 가게

왼쪽으로 조금만 더 오시면 꽃잎 같은 게 하나 있
어요
살짝 비벼 주면 쉽게 열 수 있어요
거기에 안심하고 넣어 주세요

날카로운 친절은 사양하겠어요
얇은 가슴이라 쉽게 구멍이 나거든요
너무 큰마음도 주지 마세요
넣을 수도 없는 마음은 가져갈 수 없으니까요

적당한 크기와 감당할 수 있는 힘으로 부드럽게 넣
어 주세요

공짜가 어디 있어요
그렇게 깊고 충분한 기대를 집어넣으면서
서비스로 달라고 하시면 안 되죠

사실 어떤 관계는 아무도 단속하지 않아요
합의 하에 봉지에 넣었는지, 넣기 전에 계산은 되었는지
자신도 모르게 넣을 수는 없는 거죠

세상이 참 얄팍해지기는 했어요
분해가 잘 되는 얇은 관계만 가능하니까요
한 번 넣고 나면 관계는 끝나기 마련이지요

커피 한 잔, 부고 봉투 그리고 초코과자를 넣어 주세요
까맣고 불투명한 봉지를 살 때처럼
그렇게 우리 관계를 계산해 주세요

# 종양은 세 시에 끝나요

백반을 먹고 시계를 읽어요
오후라는 기록을 남기고 병원을 불빛으로 묶어 보
아요
공손한 언어를 가진 사람이 병원의 주인이 됩니다
아픈 사람만 머물 수 있는 곳이 빽빽해지면
도시는 감쪽같이 조용해지겠죠

침묵을 삼키고 시계를 읽어요
고요는 그릴수록 검게 그을리는 그림이어서
더는 그리지 않을지도 몰라요
슈트는 고요로 맞춰 입었으므로 풍력 계급이 없어요
한마디 바람도 불면 안 되는 밤이에요

달빛은 병실을 더욱 괴괴하게 만들고
시계를 읽는 시간도 속절없이 무너지면
불규칙한 호흡들은 암전을 맞이하게 됩니다

이런 것도 모르고 아버지는 새벽 세 시를 읽고야 말아요

시계는 새벽 세 시에만 읽을 수 있어요
어둠 속에서 잘 읽을 수 있게 나쁜 꿈을 칠해 놓았거든요

잠이든 간호사에게 전화를 해요
세 시를 읽을 수 있겠냐고
읽었다면 하얀 나무가 자작하게 속삭이는 숲으로 떠나야 한다고

고요를 견뎌낸다 해도 바람은 불지 않을 거예요
살아 있는 날의 바람은 통증이 아니니까요

# 밤은 자꾸 깊어져요


어머니가 가꾸는 고구마밭으로 갔지요

들기름에 볶으면 얼마나 맛나는데
이 아까운 걸 버리노

시장 가면 몇천 원이면 사 먹는구먼
쪼그리고 앉아서 생고생하는 거요
고구마는 언제 캐려고 줄기만 다듬어요
해 떨어지겠네 호미나 내봐 봐요

이랑을 파야지 고랑엔 없다
사람이든 고구마든 진 땅엔 못 크는 거여
갈구치는 거 많아도 안 좋구

서리가 내린대요 서둘러야겠어요

잎몸이 심장 모양으로 갈라졌어요 봄이었지요
아픈 일은 따뜻할 때 일어나는가 봐요
몸을 자르던 줄기를 자르던 뿌리는 내렸었지요

줄기 캐다 가나 고구마 캐다 가나
먹고 빈손으로 가는 건 마찬가지여
나 가고 나믄 고랑에나 두지 말어
바닥 찬 건 괜찮아도 진 건 아주 싫어

밤은 자꾸 깊어져요 물은 깊어지면 안 되는데 얕은
이랑이 무너져요
고구마 줄기가 엉켜 자라서요 치근대는 기억이 있
었지요
잎겨드랑이에 더 깊은 밤으로 흘러가는 뿌리가 내
리고 있었어요

거두어 가는 것은 늘상 있는 일이지요
서리가 내리면 썩어지는 것들도
남기고 싶은 것이 있거든요
검은무늬병이 번지던 여름에는 이랑 전체가 들썩
였어요

# 매운 유산

사북사태가 터지고 몇은 잡혀가고
몇은 그곳을 떠났다

아버지는 서울로 올라가 고추 장사를 하며 매운 돈
을 벌어 흩어진 가족을 모았다

최루탄이 광장시장을 덮치는데
아버지는 고추 마대를 끌어안고 울고 계셨다

매운 것 때문인지 매운 것을 잃게 돼서인지
고추 마대가 젖을 때까지 울고 계셨다

매운 것을 추수하고 눈물이 마르자
아버지의 몸은 바싹 마른 고추처럼 가벼워지셨다

마음도 바싹 마르면 더 매워지는 것일까

고추 건조기를 바꿔야겠다고 휘휘 나서시던 날
그 길로 아버지는 먼 여행을 떠났다

고추를 팔던 시장 입구
매운 것은 아버지의 유산이 되었고
나는 지칠 때마다 매운 것을 먹는다

아버지는 평생 매운 것을 안 드셨지만
매운 것을 팔아 기껏 싱거운 죽음을 사셨다

# 실버타운

밥그릇에 꽃을 담았어요
화원을 그만두고는 진달래를 먹는답니다
하얀 옷의 사람들이 넣어 주지요
물은 마시지 않아요
희미한 핏줄을 찾아 몇 방울씩 넣어 주거든요

그는 영어를 잘하는 사람과 살아요
접시에 고기를 담는 아이들을 키우며
주말에는 은색 자동차를 닦는답니다

바다가 보이는 아파트에서 커피 마시는 걸 좋아해요
히말라야 소금을 창가에 두고 잠드는 날이 많지요
하얀 커튼을 만들어 바다로 날리기도 한답니다

오늘도 인사하네요
하얀 셔츠를 입고 붉은 씨앗을 뿌리며 주위를 맴돌
다 갑니다

굽이 닳지 않는 구두는 사람을 어디로 데려가는 것
일까요

 지하철역도 가깝고 백화점도 근처에 있어요
 녹색 소리의 간격이 일정하게 찾아와요
 풀잎 같은 주파수는 끝없이 이어지겠죠

 하얀색은 기억만이 기억하는 거짓말이에요
 불규칙한 소리조차 가지고 있지 않아요
 붉은 씨앗을 돋보이게는 하지만 곧 삼켜버릴 거예요

 화원에서는 자라지 않던 꽃들이
 하얀 밥을 먹고는 진달래가 되어요
 밥그릇에 꽃을 담아요
 넘치도록 넘치도록 담아요

# 오래된 말씀

재개발 스티커가 붙은 전봇대 뒤
입구까지 헌책들이 줄지어 있다

책을 읽던 사람들의 체취는
호산나 책방에 모여 하나의 향기를 가진다

천국으로 인도하던 성경책과 성인 잡지
누군가를 찬양하던 찬송가와 위인전기
모두 무게를 달아 이곳에 온다

교회가 보상받아 이사를 가면서
오래된 말씀을 책방에 팔고 갔다
새 교회에는 새로운 말씀이 필요한 것일까

책보다 더 오래된 말씀들이
새로운 지식들을 갸우뚱하게 쳐다본다

무신론자들의 지식은
쉽게 폐지상으로 팔려 간다

머지않아 오래된 말씀도
백과사전으로 환생할 수도 있겠다

구원을 기다리는 말씀들이 묵상을 이어간다

# 마담 보봐리


시장 어귀에 머리채 잡는 싸움이 났다
폐지 줍는 노인 둘 목소리도 앙칼지다


여우 같은 년 순진한 영감 꼬드겼다


불알이 맨질맨질 닳았는데 순진 같은 소리하고 자
빠졌네


포주 같은 고물상 영감이 지 꼴리는 대로
근수를 더 쳐 주는 게 사달이었다


을지로 인쇄 공장 말아먹고
평생 남의 밑에서 일한 적 없다더니
우아하게 남자 밑에서만 자빠졌다더라


몸이 뜨거웠던 날들만 기억하는
마담 보봐리

빈 박스 같은 몸뚱어리 척척 접어
고물상으로 또 간다

아직 저울에 달아 보지도 못한
사랑 또 있는지

# 크런치

구로 등대는 불이 꺼진 지 오래다
주 52시간 근로제로 야간 근무를 할 수 없다
등대가 꺼지고 구로는 나무처럼 쉰다
나무는 등대 속의 사람처럼 잔다

신제품 출시 즈음엔 크런치 모드로 돌입해 등대를
켜야 했다
시간당 오천 원을 수당으로 받으며
신제품 출시가 끝나도 24시간 서비스나 장애에 대
비해
등대는 계속 불이 켜져 있다

안개가 구로동에 깔리고 365일 등대를 지키던
등대지기 한 명이 과로로 쓰러진다

노조가 설립되면서 한동안 등대는 불을 켜지 못했다
판교 오징어잡이 배도 출항을 안 한 지 몇 년,

코로나 시대, 등대에 불을 끄고도 순항하더니
길을 잃었는지 막막한 발길만 툭탁거린다

스톡옵션은 반 토막 나고 근무 시간도 69시간 한
다 하고
자동차 할부도 남았고 전세도 올린다 하니
집에서 상복부 운동만 할 수 없지 등대로 가야지
바삭바삭하게 등댓불에 구워지겠지
오징어잡이 배도 만선이겠지

구로 등대에 불이 켜진다
크런치 모드로 들어간다 바삭바삭하게

# 아이 연대기

혼자서 어떻게 할 거냐고 묻지 말아요
대신해 줄 건 아니잖아요
걱정해 주지 마세요 걱정으로 들리지 않아요

병원비가 없어 아이를 시설에 보냈어요
친구들과 가끔 괜찮은 어른도 있으니
나와 함께보다 시설에 가는 게 옳아요

무얼 먹고살지 묻지 말아요
가리는 것 없이 잘 먹으니까요

입양은 생존의 시작이지요 파양하면 보육원에 돌
아가야 하죠
보호 종료 후에는 갈 곳도 없어지고
가족으로 생각했던 친구들도 각자 떠나야 해요

파양은 안 돼요 여기서 살 거예요

새로 만난 아빠가 나를 만져도 참을 거예요
수치와 공포가 계속되어도 혼자 남겨지는 것보다는
참을 만하거든요

어른이 되었다는데 무엇을 할 수 있는지 모르겠어요
파트타임으로 세 곳을 일해야 겨우 꿈을 꿀 수 있
는데
자꾸만 몸은 꿈꿀 수 없는 몸이 되어가요

엄마가 그랬듯이 나도 그랬어요
엄마를 원망하지는 않았지만 나도 그랬어요
엄마가 아이였듯이 나도 아이였어요

## 해피 프라이드

나무의 그림자를 따라 벽이 생긴다
어린 자작나무가 강물을 감싸고 있고
순백의 대리석은 벽이 되기도 하고 문이 되기도 한다


그는 비와 바람에 약하고 여린 햇살에도 마음이 쉽
게 부서지지만
광장에서는 땅속까지 뿌리내린 바위처럼 솟았다
긴 칼의 밤이 지나고 그는 다시 벽 속으로 들어간다
차갑고 하얀 집이 그를 식혀 주고 있다
도자기보다 더 뜨거웠던 그의 노래는 이제 눈으로
만 들을 수 있다


좁고 어두운 벽은 자궁처럼 익숙한 곳
벽장을 뛰쳐나오던 순간의 놀라운 빛들과 소란은
쉽게 잦아들었지만
한 번 열린 벽장으로 다시 들어갈 수는 없다
그가 무지개를 가지고 있다는 소문이 하늘 끝까지

닳아 버렸기 때문이다

　　그는 벽에서 나온 이들이 모이는 벽으로 들어간다
　　다시는 열리지 않는 문을 닫고
　　바람도 들어가지 못하는 그곳으로 간다

## 짠맛의 밀도

인천으로 가요
자정이 지나겠지만 그렇다고 구로에서 멈추지는 않
을 거예요

구로는 서울을 알기 전에 내리던 곳이에요
설탕과 무거운 공구를 만드는 사람들이 타고 내리
지요
변두리를 둘러싸고 달콤하게 하거나 정밀하게 두드
리는 그런 곳이지요

인천의 바다는 한 번 떠나면 멀리 떠납니다
낮아지는 것이 두렵기는 하지만
까만 뻘밭을 덮으며 돌아올 거라는 믿음은 더 단단
해질 거예요

인천은 그래요 변두리가 바다예요
물보다 밀도가 낮은 언어는 수면 위로 떠다니기 마

련이죠

　강어귀로 휩쓸려 온 묵직한 약속도 여기에서는 쉽
게 떠오릅니다


　서울은 짠맛이 없어요 내일을 기다리게 해요
　달콤한 공장을 구로에 두고 끈끈이처럼 그들의 경
계에 붙들어 매는 거죠


　인천으로 와요
　자정이 지나도 밀도 높은 속삭임이 철썩 들이치는

3부

## 앙금빵

서로 다른 것이었지

둘이 만나 무엇을 한다는 게
계획을 가지고 하는 게 아니더라고

달달하게만 살면 되는 줄 알았지
짭짤한 것을 흘려야 할지 누가 알았겠어
아니지 짭짤한 게 먼저야
달달한 건 그다음이더라구

쿨하고 맘에 담아 두는 게 없어야
오래가는 줄 알았어

바닥 저 밑에서부터
스미지 않는 곳 없이 두텁게
가라앉는 무엇이 있어야
달달한 것이 되더라구

겉은 부드러워 보이지만
사실, 오래 치대고 숙성이 되어야 해
한낱 가루에 지나지 않던 것이
달달함을 꼭 감싸 안으려면

견디기 힘든 고온에서 바싹 구워지면
잡균들도 끼어들 틈이 없지
탄탄해지는 거야 끝내

# 피노키오는 다행이었어요


커다란 환풍기가 고래 울음을 내는 터널 안
갑자기 서야 하는 이유를 알고 싶어
앞을 내다보거나 라디오를 틀어 봐도
한순간 찾아온 암전에 대한 정보는 없다


터널 입구를 들어서며 동공을 움츠리고
마주친 어둠에 대해 준비했었지만
앞선 차들의 급격한 멈춤에 가슴이 팔딱인다


돌아갈 수도 나아갈 수도 없는 자리
어둠이 사방으로 짙어갈수록 문득
행복하다 말했던 거짓말이 후회된다
후회는 거짓말처럼 더욱 커진다


구급차가 다가와 사고 차량 앞에 멈추고는
수습해야 할 슬픔의 일정을 알려준다
삼켜진 것들은 불행이 자신을 피해 갔음에 안도한다

앞서간 어느 불행의 경로를 따라 어둠이 지쳐갈 때
빛의 그림자를 마주치는 경계에 도착한다
삼켰던 기억들을 한꺼번에 토해 버리고 나면
질서정연한 시간들이 지나간다


순간의 빛이 때로는 어둠보다 두려울 수도 있는
건지
어둠의 출구에서 문득 속도를 올리지 못하고
룸미러를 쳐다본다


불안한 어둠 속에서 품었던 거짓말에 대한 의심조
차 거짓말처럼 까무룩 잊어버린 채

# 여백의 시간

선셋크루즈 카페에는 꽃이 피어요
해바라기 몇 송이가 호수를 물들이고 있고
오래전 올린 돛은 바람이 없어도 흔들리고 있어요

음악 소리는 카페 안에서만 감미로워요
선장은 꽃을 들고 어디론가 뛰어나가고
손님들은 남은 꽃을 찾고 있어요
꽃을 든 사람이 마주 보아야 출입문을 열 수 있어요

오후 여섯 시의 색을 입은 여인이 창밖으로 시계를 던지고는
자정으로 훌쩍 떠납니다
여백의 여섯 시간은 남겨진 사람들의 몫이죠

아무도 내린 사람은 없지만 내리려는 사람도 없어요
물에 비친 꽃이라도 찾아야 해요

뜨거운 색을 가지면 문을 열 수 없어요

시간이 끊긴 길에서 구명보트를 찾아봅니다
남겨진 사람은 항상 불안해지기 마련이지만
식지 않은 커피잔이 갑판 위에 있어요
기억에 내려 있는 닻을 올려야 하니까
설탕 시럽을 몇 방울 떨어뜨립니다

선셋크루즈 카페에는 꽃이 시들고 있어요
여백의 시간으로 던져지는 꽃들이
물속에 닻을 내리고 여섯 시의 색을 찾아갑니다

# 그대를 만나러 가는 길

색이 없는 꽃을 주세요
이파리나 향기도 없으면 좋겠어요

떠났지만, 내게서는 떠나지 않은
슬픔에게 주고 싶은 꽃이 있어요

오아시스에 발이 묶여 시들지 못해요
희망을 놓지 못하면 눈물로 이어 가야죠

꽃이 없는 꽃집으로 가려 해요

이끼 하나 없는 돌담이 길게 서 있고
다발로 묶인 꽃들이 줄 맞춰 누워
눈물을 흘리고 있어요

어디쯤이었을까
차츰 그대가 바람으로 느껴지는 때가

꽃이 있던 꽃집에 다녀왔어요

꽃들이 흘린 눈물이 배어
돌담마다 이끼가 파랗게 물들고
잊혀지지 않을 것 같은 추억도
그렇게 물들어요

일 년에 한 번이 이렇게 쉽게 오네요
떠나지 않는 슬픔은 없는가 봐요

어디쯤일까
그대를 만나러 가는 길이
바람처럼 가벼워지는 곳이

# MMORPG*

잠은 가장 안전한 은신처이다 그들은 공격을 멈추고 깨어나기를 기다린다 전쟁은 잠을 깨면서 시작한다 목적지와 적군이 다르지만 같은 이동 수단을 이용하면서 잠시 일어나는, 동맹도 적군도 아닌 자들의 전투로 하루를 시작한다

성문을 들어서면서 인사를 하고 물약을 들이킨다 빌런을 만나기 전 집중력과 체력을 올려 주는 효과가 있다 아직 이층을 못 올라가고 있다 경험치는 충분히 올렸지만 아이템이 부족해 퀘스트를 수행하지 못하고 있다

현질로 금화를 사서 로열층까지 차지한 유저도 있다 몇 명이 메인 빌런을 처치하고 피라미드 성을 차지하고 저층에 남은 자들은 NPC*가 되어 그들의 세계를 배회한다

도시마다 빌런을 무너뜨린 승자들은 더 높은 레벨의 동맹을 맺고 또 다른 적을 물색한다 유저들의 지지를 얻으려면 없는 적도 만들어서 싸워야 한다 아이템과 경험치를 나눠 주고 동맹을 늘려 모든 캐스트를 깨고 탑 레벨이 된다

　퇴근 시간이다 청년주택에 자리 잡은 김 대리는 퇴근 전쟁의 승자이다 이층의 최 팀장은 빌런이 되려는지 회식 때마다 배가 점점 더 커진다 충전기에 몸을 꽂으며 나는 어떤 캐릭터가 될지 상상해 본다

*MMORPG: 대규모 다중 이용자 온라인 롤플레잉 게임.
*NPC: Non-Player Character, 게임 안에서 플레이어가 직접 조종할 수 없는 캐릭터.

# 검은 구멍

혼자 남겨진 밤에는 냉장고를 열어 봐
어두운 방 안, 오래도록 누워 있던 내 눈을 봐
그물에 감겨 바다를 내려다본 기억이 남아 있어
그 뜨겁던 기억을 읽어 보겠어?

냉동 박스에 동료들과 등짝을 맞대고 붙어 있었지
고속도로 밤새 달리며 서서히 얼어붙다 보면
어느새 우리는 짐짝이 되어 던져지다가
소금 간이 잔뜩 밴 붉은 손가락에게 도착했어

보내는 곳으로 보내지다가 달리 갈 곳이 없어지면
어느 곳에서든 우두커니 쌓여 있기만 했어
녹았다 얼었다를 반복하면 잘 맞춘 퍼즐처럼
엉덩이를 맞물고 한 덩어리가 되기도 쉽지

등줄기가 따뜻해지는 게 누군가 녹아 버렸나 봐
어디부턴가 썩어들어갈 수도 있겠어

한 덩어리로 멈춘 시간 속에서 반복되던 기억이 녹
아 버릴 거야

녹아내리는 것은 모두 허무한 것일지도 몰라
단단하지 않은 것도 그렇지 않을까 싶어
등짝을 마주 대고 붙어 있던 단단한 관계가 허물어
지고 있어
고단한 명상이 시작되고 있는 거야

냉장고를 닫아 줄 수 있겠어?
눈에 담아 놓았던 바다를, 검은 바다를 담고
쾡하게 빈 구멍을 가지고 동면에 들어갈 생각이야
나는 아직 뜨거운 냄비에 들어갈 만큼 잘못한 게
없어
아직 무엇인가를 시작도 못 하였거든

# 흔들리는 사람들에게

부끄럽지만 어쩔 수 없죠
눈에 띄는 자세로 있어야 선택받으니까
몸이 짓눌리고 상처가 생기기도 하지만
검은 터널을 지나야 이곳을 벗어날 수 있어요

중심을 잡는 것이 중요해요
선택을 받았지만 작은 흔들림에도
쉽게 떨어질 수 있어요
누군가를 덮치게 되면 미안하기도 해요
숨을 못 쉬게 누른 적도 있어요

좁고 어두운 터널은 아래로 떨어지는 곳이에요
다시 이곳에 오는 이들이 알려줘요
그곳으로 나가는 유일한 통로

그곳을 지나면 넓고 밝은 곳으로 가요
짓누르는 이도 없고 음악이 흐르기도 하고

서로 다른 빛깔의 옷을 입어요

다 똑같이 생겼다고 하는데 사실 너무 달라요
눈도 다르고 귀도 달라요 크기도 무게도
어느 곳도 아프지는 않아요
그냥 좀 오래된 것뿐이죠

가끔 많은 비용이 들기는 하지만
당신에게 데려가 주세요
상처가 생기면 어때요 실패할 수도 있지요

당신 쪽으로 세 걸음 심장 쪽으로 두 걸음
흔들리지 않게 조심해서 잡아 주세요
그리고 어두운 터널을 지나 데려가 주세요
당신이 있는 밝은 그곳으로

## 민달팽이의 이별

헤어지던 기억은 늘 한 가지 색으로 남지요. 그대 떠나던 날은 눈이 내렸고 녹는 대로 지면에 녹아 스몄어요. 헤어지는 마음도 눈처럼 녹아서 땅속 어딘가로 가는 걸까요. 아니면, 몸속을 떠다니다 꿈이나 기억 속에서 다시 떠오르는 걸까요.

그대와 나 사이로 떨어지는 눈을 쫓아가다 녹는 것을 확인하고 또 다른 눈이 떨어져 바닥에 스미는 모습을 봤어요. 벽돌 위에 떨어진 눈이 녹아 투명하게 변하는 모습을 바라보며 우리는 헤어지는 이유는 잊고 있었지요. 어쩌면 몰랐을 수도 있었겠어요.

눈이 물이 되는 상황은 비교적 흔한 광경이겠지만 0도에서 녹는다고 가정하면, 그날은 심장 높이에서부터 녹아내린 것 같아요. 대기의 상층부는 차가웠겠죠 지표면은 따뜻했을 것이고요. 이별은 심장 어디쯤에서부터 얼어가고 있었나 봐요.

아파트는 있어야 눈을 피하고 차도 있어야 보는 눈을 피할 텐데요. 벽돌 덮인 인도에서 내리는 눈 하나 피하지 못하고 녹아 스미는 모습을 보며, 헤어짐이란 아파트를 떠올리는 것으로도 충분히 이해할 수 있을 거라 생각했어요.

곧 취업이 될 것이고 대출받아 임대주택에 갈 거예요. 그리되면 눈을 피할 수 있고 피하다 보면, 그대와 집에 들어가 드라마 보기로 휴일을 보낼 수도 있을 거예요.

벽돌 사이로 녹아 사라지는 눈을 보며 말했지만, 그대는 식어가고 있었나 봐요. 딱딱해지는 몸으로 내일을 생각하는 건 큰 용기가 필요하겠죠. 고시원으로 돌아가는 길이 얼지 않았으면 해요. 젖은 몸이 붙어 버릴지도 모르거든요.

눈이 계속된다고 해요. 긴 겨울 동안 어쩌면 우리
는 헤어지는 것보다 만나는 것이 더 어려울 수도 있
겠어요. 어쩌면 집이 필요한 거지 그대가 필요한 건
아닐 거예요. 오늘의 이별은 계속되는 눈이 덮어 주
겠지요.

# 망고가 뭘 알겠어요

옻나무는 나이를 먹을수록 멋있어지는 나무가 아
니에요
가지도 숨겨지고 말라비틀어져서 빈약하게 늙어버
려요
그런 모습을 보이기 전에 저렇게 쓰러져 버리는 게
나을지도 몰라요
그런데 그 수액으로는 아름다운 예술품을 남기니
까 재미있는 나무죠

수액을 받을 때는 상처를 조그맣게 내어야 합니다
한꺼번에 짜내고 나면 나무가 버티지 못하기 때문
이죠
짜낸 수액을 두껍게 바르고 스며들기를 기다립니다
해로운 말들도 차가운 눈길도 이제 소용없을 거예요
반짝이는 꿈들을 차곡차곡 붙여 주고 광을 냅니다

도시의 진한 어둠에서도 스스로 빛을 내도록

마지막 한 겹을 더 칠해 봅니다
바람까지 잔잔하게 불고 나면 그녀의 일은 끝나는
거죠

빛나는 예술품을 남기고 하염없이 말라가던 그녀는
손님이 온다는 연락에 가마에 불을 지피다
미칠듯한 가려움에 온몸을 긁어내리고는
붉은 눈물을 흘립니다
예술품은 슬픔이 아니었는데
눈물이 다하도록 칠해버리고
밑동까지 다 마르도록 긁어 수액을 내립니다

옻나무는 열대 기후에 적응하면
망고나무가 된다지요
달콤한 열매를 맺는다지요

망고가 그랬지요

예술품은 값비싼 대가를 치러야 하니
고집부리지 말고 가볍게 살면 슬픔은 없다고 합니다
단단한 씨앗은 새들의 몫으로 남겨 주고
그저 달콤하게 함께 익어가자고

추운 곳에서는 옻나무로 사는 것이 운명이라고
눈물을 다 내린 그녀는 쉰 목소리를 내며
가려웠던 기억을 긁어내립니다

# 군고구마


고구마가 익어가고 있다
가마에 들어가기 전 촉촉하게 당도가 오르고 있는
현재진행형이었다

가마를 나와 맥반석 위에 있는 것은 더 이상 고구
마가 아니라고 봐야 한다
구웠다는 것은 과거형이기 때문에 날것의 특성을
기대할 수 없으며 전분이 묻어나는 지난날로 돌아갈
수도 없는 것이다

따뜻한 온도를 유지하는 것은 구웠다는 과거를 알
리기 적합한 방법이다
가마 옆에 집게는 누군가에게 뜨거움을 암시하는
것이다

후손을 남기지 못하는 이들에게
봄은 꿈같은 이야기일 뿐

가루가 되어 반죽으로 쓰이거나
뜨거운 설탕물을 뒤집어쓰기 십상이다
마치 진화한 것으로 보일 수도 있겠지만
씨앗이 없는 몸으로 봄을 기다린다는 것처럼 슬픈
일이 있을까


불꽃이 가라앉은 맥반석 위에서 일체의 고뇌가 소
멸되어 버리고
마침내 뜨거운 열반에 들 수밖에 없다

# 상상 레시피

쾌락은 이미 시작되었어
불규칙하게 늘어트린 유혹
입속에 들러붙어 도파민을 자극해

스커트 속은 충분히 젖어 있지
나트륨의 삼투압이 절정으로 이끌어
뜨거운 패티는 냉정함을 찾으려 하지만
할라페뇨의 부추김에 더 달아오르고 말지

스커트는 얇을수록 뜨거워지지
속살을 보이고 싶으면서 속내는 가리고 싶은 거야
호기심의 경계는 스커트 밑단이지 굳이 들출 필요
는 없어

짧은 것은 패티를 적나라하게 드러내고
긴 것은 욕망을 감추어 주지
오븐의 온도와 시간이 중요해

너무 녹아 버린 스커트는 더 이상 가릴 수 없어지거든

스커트보다 뜨거웠던 감자를 곁들이고
파슬리를 얹었어
짜릿한 탄산을 빨아 봐
치즈 스커트가 가린 곳을 상상해 봐

# 아마존은 흐르고 있어

구석은 정해져 있지만 바닥은 바뀌기도 해
겹쳐진 곳이 단단하니까 그곳을 봐줘
젖어버리면 안 되니까 울지 못했어
슬픔 한 번에 모든 게 무너져 버릴까 겁이 나

속내를 보이기 싫어 꼭 닫고 있어
필요할 때만 잠시 열어 보이면 되잖아
답답하더라도 이대로 두었으면 좋겠어

날카로운 단어로 찌르지 않았으면 해
단단한 모습으로 매듭지어 주는 차림새를
아프게 하지 말아 줘

빈틈없는 구석에서 우두커니 당신을 기다려
전구색 불빛이 새어 나오는 문틈으로
어떤 그림자가 다녀가고 나는 불안해져

빨간 물풍선이 내 안에서 식어가고 있어
중심이 흔들리는 게 나는 더 불안해져
날카로운 대화가 새 들어오면
풍선은 더 위태로워지겠지

자동차 소리가 들리고 나는 가볍게 들려 나가
깨끗한 짐칸에 쌓이고 있어
끈적한 행선지가 붙여지면 긴 여행을 떠날 거야
원시의 기억이 잠든 곳으로

# 높은 풀숲에서

사람을 옮기는 풀이 있다
가장자리를 따라 검은 길이 나 있고
막다른 길에 하얀 교회가 있다

사람이 옮겨놓은 풀이 있다
그 풀이 숲을 이루고 사람을 기다린다
사람보다 높은 풀숲에 길은 없고 풀은 있다

아이가 풀숲에 들어가고
아버지가 아이를 찾으러 들어가고
아이 찾는 소리를 듣고 청년이 들어간다

이제 교회와 길가에 아무도 없고
어둠이 따라서 풀숲에 들어가고
풀숲 밖에는 하얀 교회와 검은 길이
움직이지 않는 시간을 지키고 있다

모두가 들어간 풀숲에는
움직이는 풀이 있고 서로를 찾는 사람들이 있다
소리는 들리는데 풀은 높아서 볼 수 없고
바람에 섞여 방향을 모르고
풀은 어둠을 먹고 점점 짙어지고
사람은 흔적이 없고 소리만 남는다

사람은 풀을 옮기고 풀은 사람을 옮겨서
아무도 남지 않고 풀만 살아간다
풀숲은 소리를 가두고 검은 길이 풀을 가둔다

해가 뜨고 풀이 흩어지는 길을 따라
하얀 바위가 웅크리고 있다

# 달가림

바다가 갈라지는 어느 해변을 건너
절망이 가득한 작은 섬에 오늘을 두고 와요

그와 당신 사이에 나는 서 있어요
한 줄로 요약되는 관계는 단순하지만 금세 지루해
지기도 해요
세 구석을 더하면 직선이 되는 감정이 있어요
밖으로는 뾰족하지만 안으로는 좁은 모양을 하고
있지요

무엇을 가두기에 적당한 도형을 그려서
가둬두기에 적당한 그것을 가두고 싶어
다시는 돌아오지 않을 것을 그 섬에 두고 싶어요

섬은 대체로 둥글다던데 그 섬은 내각의 합이 직선
이 되는 곳이어요
한쪽 구석이 두 구석의 합과 일치할 수도 있지요

그와 당신 사이에 나를 그리겠어요
꼭짓점은 사라지고 무엇을 가둔 채로
우리는 꼭 한 줄로 요약되겠지만
누가 오늘을 가두는 섬이 되는지는 알 수 없겠죠

복잡한 함수를 포함하는 동선이라 해도
하나의 선으로 이어지는 내일이 있어 다행이에요
이제 어느 수학자의 불안에 대해 생각해 봅니다

4부

# 라면에 대하여


밀밭에서 꾸었던 꿈들은 여름이 오기도 전에 고개
를 떨구었다
바스러지는 것은 그리 슬프지 않았다
발가벗겨진 채 좁은 틈을 빠져나가는 것이란 나 혼
자의 일이 아니었기에


물의 사슬로 묶여 떠난 순례의 길
서로의 몸으로 미로를 만들었다
눈물만 닿아도 사슬은 풀리고


생각은 물을 먹고 자라서 마음이 된다
물을 먹고 가슴에서 믿음이 된다


이유 없이 끓어오르는 것은 없다


섭씨 구십칠도
뜨거운 울음은 사슬을 녹이고

마음을 움직인다
내가 떠난 빈자리
국물도 없는 그 자리
뜨거웠던 흔적도 없는

# 세일즈맨의 저녁 식사

욕망은 한 번에 비틀어 꺾지 않으면
목이 부러진 채 머릿속을 뛰어다닐 것이다

지능이 높다는 건 상대방의 의도를 알 수도 있다는
것일까
돼지의 눈을 마주하면 프라이팬을 달구는 생각을
한다

배가 고플 때마다 투명해지는 살갗
생각의 등급을 매기며 푸른 도장을 찍고 싶다
코를 킁킁거리며 먹이가 있던 기억을 찾아
욕망을 채우기에 급급해지고 싶다
충혈된 발정을 해결하기까지 누군가의 뒤를 쫓고
싶다

여물통에 머리를 처박고 첫사랑을 지웠으며
누군가가 먹지 못하게 남은 음식을 차 버리고

홀로 배부른 자가 되고 싶었다

먹고 자고 발정하고 살찌고 가장 배부른 때가 오자
목이 비틀려 숨을 헐떡거린다

프라이팬 가득 삼겹살 구워 놓고
피가 묽어진다는 상추를 먹어 본다

# 건빵이 좋아


엄마는 배꼽이 두 개이다
엄마의 엄마가 불어 넣은 숨과
내게 나눠준 생명의 흔적

넓은 들에서 커가는 새싹이었다
성인이 되면서 새파란 모습은 없고
세상이 원하는 삶을 살다가
형체도 없는 가루가 되었다

세상은 눈물 한 움큼도 남길 틈 없이
부서진 엄마를 입맛에 맞게 가꾸었다

마른 가슴으로도 누군가의 뱃속을
퍽퍽하게 불려 주었다

두 번째 배꼽이 생기던 날
부서진 마음을 모아 다시 태어났다

엄마의 엄마가 그랬던 것처럼
똑 닮은 딸의 엄마가 되었다

딸의 배꼽이 하나 더 생기면
엄마의 배꼽 하나는 투명해진다
이름 없는 별이 되기 위해
한없이 맑아지는 것이다

오랜 생명의 흔적
유서처럼 새긴다

# 언어는 도시에서 자란다

종각을 출발한 열차는 탑승한 언어를 가둔다
종착역까지 가져갈 것이 있고 바로 숨어 버리는 것
도 있다
오래된 스피커는 마른 소리로 말하고 여행 가방을
안고 있는 노인은 언어를 귀에 모으고 있다

청량리를 지난 열차는 지상으로 올라간다 도심을
벗어난다는 건 다리를 고쳐 앉는 것처럼 느슨해지는
일이다

춘천으로 연결된 회기역에서 열차를 갈아타는 언
어가 있다 가끔 강에서 태어난 언어들이 돌아가는 길
이기도 하다

강을 따라 돌아가야 하지만 헤엄치는 것을 잊은 지
오래고 전파를 타고 가는 것은 익숙하지 않다

언어는 원래 도시 태생이므로

도시에서 더 빨리 자라지만 숲에서 자라는 언어들은 뿌리가 깊다

도봉산에서 술 취한 언어가 무리를 지어 입을 맞춘다

밤이 늦어 도시로 돌아가야 하는 시간을 아쉬워한다

의정부에서는 이미 잠들었던 언어가 화들짝 뛰어내린다 도시를 드나드는 것이 익숙하지 않은 듯 허공을 걷고 있다

소요산에 이르면 오래된 언어들만 남는다 숲이 펼친 방어막을 뚫지 못하고 소리 없는 기적을 울리며 주저앉는다

# 웃음이 어떤 것인지 물어볼게요

동물원에서 리더를 뽑아요 식상하긴 하지만 호랑이와 사자가 우세하고 여러 해 동안 나왔던 여우와 도마뱀도 나섰네요

사자만 이기면 대장이 될 거라 생각해요 경험 많은 조련사와 사육사들의 집중 관리를 받으면 됩니다

꿩이라고 하시는데 공작이 맞아요 꽁지 털 좀 길렀어요 눈코입 다듬고 목을 길게 키운 거 잘 보세요

자신을 끊임없이 가꾸고 굳건히 노력해서 강의도 나가요 실력이 있는 거죠

외톨이였던 강아지도 잘 보듬어 키웁니다 외톨이는 파란 사과를 좋아해요

대장이 되면 꿩이라고 의심하는 자들은 모두 내던지겠어요 지금 비록 던져주는 닭이나 씹고 있지만

제가 한 번 물면 모두 바스러지는 거 알고 계시잖아요

고양이를 대신 대장으로 하자고 합니다 나 참 웃긴

데 울음소리가 나오네요

　아니, 웃는데 운다고 하네요

　듣는 이들이 뭔가 잘못 듣는 거죠 난 웃었다고요
아무튼 그렇게 들었다면 사과드리겠습니다

　당신들도 외톨이인가 봐요 사과를 좋아하시다니


　제가 원래 싸움을 안 좋아해요 사자처럼 무리 지어
다니는 것도 아니구요

　울음소리는 오해하지 말아 주세요

　당신들이 원하는 웃음이 무엇인지 모르겠지만 조
련사에게 물어볼게요

　눈밭에 뒹구는 소리인지 물속을 다니는 느낌인지


　대장이 되면 울타리도 허물고 암컷, 수컷 공정하게
살 수 있도록 할게요

　동물원 수백 개 만들면 입장료 오르지 않죠

　어려울 거 뭐 있나요 쉽게 살자고요

# 나락투성이

말쑥한 노인이 성근 밥알을 뒤적이다
희뿌연 기억 속에서 나락 하나를 꺼내 들었다
입안에서 몇 번을 굴리다 껍질을 뱉어 버리고는
밥알을 우물거리며 자리를 떠났다

사람들은 떨어진 나락을 찾으려 정밀한 검사를
하고
살아있는 것과 죽은 것 모두를 죽였다

멀쩡한 알곡들은 나락으로 떨어져
가게 인근은 나락투성이지만
아무리 검사를 해도
노인의 하얀 기억을 찾을 수는 없다

침묵이 단서가 되어 노인을 찾고 있다

효도를 직업으로 하는 청년들이

쭉정이 같은 어깨를 보았다고 하고
아기처럼 우물거리다 입술을 삼킨 흔적을 찾았다
는 이도 있다


노인은 나락이었는지도 모른다
밥알 속에서 홀로 웅크리고
어엿한 한 그릇 밥으로 묻어 살고 싶었는지
온갖 타작과 뜸을 견디면서
마침내 누군가의 입속에 덜컥 들어가고 싶었는지

# 적도에 가자

생각이 같아지며
수직으로 떨어지는 결론
한 방향으로 소용돌이치던 대화

태양도 돌아서는 회귀선에서
우리의 다툼은 번번이 반대로 돌아간다

자전과 중력이 작용할 뿐
감정의 문제가 아니다
어떤 힘도 더하지 않는
그곳에서 중심을 잡아야 한다

끝없이 뜨거움을 간직하며
시간을 못 이기고 식어가는 마음
그림자에 숨겨 두자

계절을 모르는 나무처럼

아픈 나이테 하나 없이 살아가자

# 녹내장

나는 점점 나만 보여
너를 봐도, 네가 보이지 않아도
온통 내 생각뿐이야

시야가 좁아지니 마음도 자꾸 좁아져
좁은 마음속에서 너와의 기억들도
점점 흐려지겠지

새롭게 만들어지는 현재는 없이
과거만 자꾸 떠올라

크림을 바르던 얼굴과 작은 손
아이가 팔을 벌리고 내게 달려오던 골목

점점 더 나에게 집중하겠지
발걸음을 더 조심하고
작은 소리에도 놀랄지도 몰라

그럴 때는
조금만 더 천천히 와 달라고
어둠에게 부탁하겠어

이제
지루한 라디오가 시작되겠지

# 풍선효과

꿈을 만들어 주는 사내가 있다
놀이터의 아이들이 주문을 외면
사내는 강아지며 꽃을 만들어 준다

파란 강아지는 꼬리가 뭉툭하고
몸에서 뽀드득 소리가 난다
미끄럼 밑에서 꽃을 물고 있다가
그네 위로 뛰어오른다

고가 위에서 떨어진 자동차가 풍선을 불고 있었다
고층 빌딩 위의 애드벌룬이 멀어지고 있었고
사이렌 소리는 점점 작아졌다

마취에서 깨어난 사내의 키는 작아졌다

고요 속에서 색이 선명해진다

바람을 먹을수록 몸이 가벼워지고
풍선처럼 몸이 구겨지기도 한다
날카로운 것은 피해야 해
납작해지는 것은 사라지는 것이니까

소리도 색도 없는 비가 내린다
놀이터에는 언제나 우산이 없다
날이 어두워지고
주문이 빠진 강아지와 꽃이 바닥에 뒹굴고 있다

# 반짝이는 통증

칠백 미터 지하에서 석탄을 캐서 돌아오는 밤에는
고막이 심장처럼 뛰었다
착암기 소리에서 멀어질수록 떨림은 더 커지고 가
래는 목구멍을 막았다

폐 속을 채운 석탄 가루가 가슴을 아프게 한다면서
도 아픔을 캐러 들어갔다
메아리가 뒷걸음치는 그곳은 걸러도 걸러도 걸러
지지 않는 소리들이 묻혔다

석탄이 깊고 흰 바닥을 드러내고 사람들은 도시로
나갔다
하늘 높이 선 빌딩들은 캐낼 것이 없고
땅을 캐어야 돈이 난다는 경험은 틀리지 않았다
도시의 땅속은 만나고 헤어지는 것이 승차권만 있
으면 쉬운 일이었다

더 이상 땅을 캘 수 없는 아침이 오고

　뚝배기 속에서 굳은 선지를 뒤척거리다 어느 뜨거운 동물의 하얀 내장을 보았다

　석탄 가루는 모두 어디로 갔을까 하는 질문을 삼키고는 깡통 소리가 나는 미서기 문을 닫고 나섰다


　반짝이는 별은 밤하늘에 파고든 통증이었다는 것을 알고 난 아침이었다

## 매직 히어로

누군가 나갈 때마다 기침 소리가 들린다
낮고 일정한 박자를 가진 그의 기침은
얼굴에 관한 기억을 떠올리게 한다

눈은 기억의 먼 곳을 보고 있으며
콧등은 곰보 자국이 듬성듬성하며
눈썹은 돌출하여 시야를 가리고 있고
검은 입술 사이로 시큼한 소리가 삐져나온다

하던 일을 그만두고 나서부터는
투명 망토를 두르고 집안을 배회한다
부인은 사라지는 망토를 던졌는데
아들이 바꿔치기 기술을 쓴 모양이다

월급 받아오기 아파트 마련하기 학원비 결제하기
대청소 기술 등
　수많은 매직을 선보였지만

스마트폰을 이용한 화려한 신기술 앞에서는 힘을
쓰지 못하고
가족들은 그의 기술을 물려받지 않는다
아니 믿지 않는다

마술은 얄팍한 눈속임
나갔던 이들이 하나둘 들어와도
기침 소리는 더 이상 들리지 않고
그의 얼굴에 관한 기억도 마술처럼 사라진다
무대가 끝나면, 관객은 남아있고
마술사는 투명 망토를 걸치고
소리도 없이 사라진다

## 약한 지붕


커피숍에 모여 앉은 무리는 사다리를 만듭니다
테이블 위에 빨대를 차례로 놓아 완성하고
번호를 선택하고 줄을 따라 목적지를 찾아가지요
롤플레잉 게임에 흐르는 배경음악을 흥얼거리며
커피 내기 사다리를 타고 있어요


배경음악이 끝나갈 무렵
내기에 질 것 같았는지 무리 중 하나가 사다리를
부숩니다


거, 자기 건 자기가 냅시다
왜 한 사람한테 부담을 주는 거요


그래 그렇게 합시다
지붕 고치러 올라가다 누가 사다리를 치워서
내려갈 수가 없어요

높은 곳의 문제는 높은 곳에서 해결해야지요
지붕이 튼튼해야지 아래쪽이 평화롭죠

먼저 사다리 타고 올라간 무리들이 부숴 버렸죠
지붕에 사람이 많으면 무너질까 두려운 것일까요
약한 지붕이라면 단단하게 고치면 되지 않을까요

각자 사 먹는 커피는 오후를 아쉽게 하네요
사다리 타고 기분도 내고
사다리 타고 높은 곳도 올라가고

# 동백길

검은 섬 입구는 언제나 너울이 높아
곧 지나치는 걸 알아도 두려움이 깊어진다
섬이 바다를 찌르는지 파도는 더 높아지고
동백은 멀리서 사람을 기다린다

사람들은 선실에 모여 배를 등지고 기도한다
앉아서 흔들리다 보면 뱃속이 뱃속이 아니어서
누워서 너울을 넘긴다
넘고 보면 별일 없는 뱃길은 금세 지워진다

섬에서는 누구나 한 번씩은 떠나본다
떠났다가 적당한 곳에 정착하기도 하고
더러는 금세 돌아오기도 한다

등대까지 가는 길은 동백이 에우고
에움길 끝에는 날카로운 절벽을 딛고
하얀 꿈들이 곧게 서 있다

동백은 바다를 꿈꾸었을까
등대는 누구의 꿈이었을까

등대는 항상 먼바다를 경계했다
먼바다가 가까워지면 섬은 육지로 뒷걸음친다
언제부터 섬은 육지로 가는 꿈을 꾸었을까

# 깊은, 안녕

포도가 익어갈 때에는 벌레가 꼬이겠지
언제 여물지 아득하던 시간이
문득 가까워질 즈음에
백합을 심어 벌레를 쫓아 봐
송이 솎기를 안 해도 너슬너슬 잘 달릴 거야

알이 많은 덕분일까
달콤한 육즙을 품고
탱글탱글 익어가고 있어
두 달 뒤면 제상祭床에 앉아
하얀 분을 내며 향을 피우고 있을지도 몰라

짓무르도록 붙어 있었지
누구 하나 떠나지 않고 말이야
꼭지가 하나이면 우리는 다 같은 건가
꼭지가 다르면 우리는 그저 남이 되는 걸까

누이는 꼭지가 달랐어
무른 것들 사이에서도 신선해 보였고
설탕 분이 밀가루처럼 올랐지
가장 먼저 농장을 떠나갔어
떠나던 날 비바람이 셌는데, 누이라면
흐트러지지 않고 도착했을 거야

좋은 곳으로 갔겠지
벌레도 농약도 없는 곳
짓무르지 않고 비옥한 곳으로

백합이 피고 나도 여물어 가고 있어
나는 여기서 씨를 내릴까 해
뜨거운 햇살을 핑계로
툭 떨어져 깊이깊이 씨를 내릴까 해

아득한 건 시간만이 아니었어

해설

# 과정의 예술정치학과 존재 회복의 시학

유종인 시인

## 1. 과정이 생략된 세계의 예술정치학

세상의 모든 크고 작은 과정은 늘 생략과 초월의 도마 위에 올려진 채 그 과정의 중요성을 애증의 산물이거나 선택의 문제로만 취급되는 경향이 종종 있어 왔다. 효율성과 기대치의 상승, 그리고 신비주의적 요소의 도입 등을 그 생략의 원인으로 들었다. 어쩌면 우리는 군데군데 생략된 드라마를 보면서 드라마가 지닌 고유한 가치와 재미를 못 알아준다는 핀잔이나 통박을 듣는 경우에 놓였을 때도 있다. 비유컨대 장황한 설명의 중간부를 생략함으로써 극적 긴장과 효율성을 증대한다는 명분이 본래의 중요한 내용마저 갉아먹는 경우라면 어떨까. 정치나 사회적인 논리로 보면 이런 과정의 무분별한 생략이나 몰각의 경향은 상당한 의미론적 폐단과 불의한 홍계의 방편으로 오용될 소지도 없지 않다.

일찍이 촛불혁명으로 들어선 정권의 대통령은 "기회는 평등하고 과정은 공정하고 결과는 정의로울 것"이라는 의당한 말이 가지는 시대적 가치의 천명을 통해 그간의 사회문화 여러 부문의 폐습을 간접화법으로 드러냈다. 물론 이 취임사는 보는 시각이나 입장에 따라 그야말로 선언적인 수준 이하거나 이상으로 보여질 수도 있다. 그리고 다시 등장한 보수정권의 당선자는 "공정과 상식"을 모토로 내세웠다. 정치사적인 맥락과 현황에서 동일한 어휘가 시대적 화두로 연거푸 등장하는 것은 무엇을 의미할까. 그것은 아마도 이런 정치적 수사가 비근하게 등장하는 연원은 바로 제도와 절차에도 불구하고 과정의 등한시가 불러온 오랜 관행들 때문일 것이다.

범박하게 말해서 이런 보편적인 정치적 선언이나 구호가 매번 등장함에도 몰각되거나 왜곡되는 이유는 무엇일까. 여러 해법의 요소들이 있겠지만 적어도 우리는 과정의 의미나 과정의 미학에 대한 공고한 연대 의식과 사회적 당위성의 시각이 잘 형성되지 않은 수준에서 다른 가치들에 과정의 미학을 양보하거나 방기해 버렸기 때문인지도 모른다.

이장호 시인의 시들이 가지는 문학적 함의의 커다란 단초는 앞서 정치 사회적 의미의 과정의 생략이나 쇄말을 미학적으로 극복하고 복원하는 차원에서의 과정이 지닌 혁혁하고 유니크한 시적 재생에 방점이 있다. 이장호는 한마디로 과정이 지닌 독특하고 충만한 아름다움에 심미적인 존재의 형질을 발견하는 시인이다. 그리고 그런 과정에 예민하고 독특한 눈길을 던지는 남다른 촉수의 발휘는 이장호의 시가 결과나 결론만의 예술이 아니라는 것을 반증하기도 한다. 더불어 미리 결어처럼 이 과정의 미학이 지닌 존재의 의미를 내다보자면, 이것은 그대로 모든 소외된 그리고 주류나 비주류를 포함하는 모든 존재의 자기회복의 방법론에 그 맥락이 닿아 있다는 점이다. 과정의 당위성이 지닌 감각적 특이성과 그 변화의 인상과 그 의미적인 함축성이 이장호 시인에게서 남다른 추이로 진진해진다.


　　배경은 빨간 꽃 잎사귀 그림자는 보편적인 그림자 색
　　꽃잎은 떨어지려는 의도를 내색하고 있는 듯 아래로 늘어져 있다
　　흰색이었던 과거는 흰 물감을 덧칠하면서 현재로 바뀐다

액자는 몇 개의 색을 가두어 주변의 시선으로
부터 독립시킨다
캔버스에 스며든 물감은 여러 가지 파장을 일
으키는데
자색과 적색 바깥의 색들은 보이지 않는 색으
로 캔버스를 위협한다

그림은 어느 벽에든 걸려야 비로소 의미를 갖
게 되지만
관객은 누가 만든 프레임인지 알지 못하고 프
레임 속에 갇히고 만다
꽃은 잠시 떨어지는 중이거나 그려지는 과정
에 있다 모호한 여론은 프레임이 완성되는 순간
부터 색을 가진다

꽃으로 색을 배운 관객은 갤러리에 모여 그림
을 읽는다
연출된 음악과 동선을 지나며 같은 색의 액자
에 사로잡히게 된다

꽃은 흰색이서나 붉은색으로 그려지는 중이다

액자는 언제나 벽에 걸리는 중이거나 걸려 있
기를 원한다

―「익명의 프레임」전문

이 시편은 사뭇 의미심장한 여러 의미의 결과 기미
들을 새삼 거듭어 올린다. 흔히 철학이나 종교 등에
서 서로 다른 교리와 도그마를 절충하듯 여러 사회적
현상과 함의를 습합(褶合)하는 뉘앙스를 이 시는 강하
게 풍긴다. 즉 모종의 과정이 지니는 오밀조밀한 변
주의 시간과 공간을 도드라지듯 상기시킨다. 그도 그
럴 것이 시 속에 "배경"이 있는 "꽃"과 "캔버스에 스
며든 물감"이 있는 "액자"와 대중의 공간을 비유하는
"갤러리"를 매개로 무의식과 의식을 겸하는 습합적
생각의 결구(結構)를 궁극적으로 창출해 내는데, 그
이미지적인 구조체가 바로 "프레임"이라는 시적 수용
체이다.

그런데 흥미로운 점은 시인은 부정적인 의미의 결
과인 프레임의 사회적 통념보다는 그 통념의 틀이 형
성되는 과정에 주목하고 있다는 점이다. 흔히 결과론
적 사안의 확정에 주목하는 세태에 비해 이장호 시인
은 그 과정이 지닌 유의미한 과정의 동선에서 더 시
적 서스펜스를 만들고 그려나가는 눈썰미가 남다르

다. 시인의 이런 시적 통찰력은 "그림은 어느 벽에든 걸려야 비로소 의미를 갖"지만 "관객은 누가 만든 프레임인지 알지 못하고 프레임 속에 갇"힌다는 남다른 시각과 명민한 관점을 제공한다. 이는 의미의 확장성을 갖는 진술로 유효하기도 하다. 이렇듯 '과정'이 생략된 세태의 심부를 가로지르면서 시인은 세상의 "관객"들에게 은폐되거나 간과된 현상의 이면을 공개하듯 복기하는 역할의 수행자를 자처하기도 한다.

범박하고 개괄적인 얘기지만 과정이 생략되거나 무시된 상황에서는 정치, 사회, 문화, 경제, 외교 모든 분야에서 그 간판 같은 권력의 헤게모니 싸움만이 유난한 과제나 욕망의 대상으로 부상할 공산이 크다. 과정을 권력이라고 특정할 수는 없지만 과정 자체의 순기능을 모든 존재나 관계의 동력으로 쓰길 경원시할 때 모든 크고 작은 이해관계는 표면적 권력에만 집착하는 현상이 두드러진다.

피로현상, 피로사회는 이런 결과론적인 양상에만 주목하는 획득적 사고에서 사회적 비극의 다양한 요소들을 배태하는 경우가 많다. 이런 사회문화 전반의 특히 문학에서도 그런 결과론과 목적 달성의 성과주의가 고개를 드는 상황에서 이장호의 시들은 과정의 공력이 얼마나 핍진하게 종요로운지 거개의 시편들

마다 다양한 상황을 통해 개진한다. 이런 과정이 지닌 시적 세공이야말로 존재의 위상을 제고하는 내면성을 통해 부단한 응시의 시편으로 평면적 언술을 넘어 그 심도있는 부조(浮雕)하는 언어를 불러 모은다.


　　아무도 남아 있지 않다고 생각하는 순간부터
　흑인이 보이기 시작한다 말 위에서 웅크리고 뛰
　어가는 곳을 꾸준히 응시하고 있는 한 사람 그
　는 검은 말 위에서 말과 하나 되어 흑인이 되었
　으며 또는 칼라 사진 이전의 사람이기에 흑인이
　기도 하겠다 그렇다면 검은 말도 검은 말이 아
　닐 수도 있지 않을까 기록은 가끔, 미래의 편견
　을 만들어 내기도 한다는 말도 안 되는 생각을 말
　해 볼까 한다
　　　　　　　　　　　　　－「검은 말을 탄 흑인의 사진」 부분


　결과를 낳는 과정의 중시(重視), 즉 참다운 결과의 도출은 과정을 소홀하지 않게 하고 소중히 다루는 마음에서 도래한다는 시인의 인식이 이 시편에서 도드라진다. 그것은 "아무도 남아 있지 않다고 생각하는 순간부터 흑인이 보이기 시작"하는 발견의 묘리가 돋

아나는 격이기도 하다. 즉 "말 위에서 웅크리고 뛰어가는 곳을 꾸준히 응시하고 있는 한 사람"을 화자는 오롯이 보아낸다. 그런데 이는 대상인 흑인의 자세와 형국이지만 동시에 시인 자신의 모습으로 중첩되기도 한다. 물론 사진 속의 "한 사람"은 칼라 이전의 모습이기에 흑인으로 오인될 수도 있다. 그래서 "검은 말"도 사실은 검은 말이 아닐 수도 있다는 생각은 소위 합리적인 타당성이 있다. 그러나 여기서 주목해야 할 점은 실물의 빛깔과 성상(性狀)만이 아니라 그것을 반영하는 매체가 지닌 다양성과 그 인상적인 특이성에 있다. 그리고 그것을 인식하는 도구이기도 한 언어, 즉 말[馬/言語]은 이 시에서 중의적인 뉘앙스를 풍기기에 이른다. 언어란 어쩌면 "미래의 편견을 만들어"내는 경향이 있다. 하지만 좀 더 나아가면 그 편견은 이장호 시에 있어서 심미적이고 새뜻한 존재의 인식을 개척하는 마음의 여러 질감 중의 하나이며 새로운 의미의 가능성과 여지를 푼푼하게 품는다.

> 손가락으로 꾹 눌러도
> 누른 자욱이 기억이 되어 버리는
> 살냄새 나는 흔적을 가지는 기억들의 자욱
> 단단해야 한다

욕실에 불이 꺼지고
어둠 속으로 한낮의 기억이 내려앉으면
흐드러지는 살갗을 움켜잡고
단단한 생각을 해야 한다
눈물은 꾹꾹 눌러 짜 버려야 하고
움직임은 작게 하여 바람을 찾아야 한다


(… 중략 …)


촉감으로만 남아있던 그에 관한 기억들은
두 손에서 미끄러져 간다


녹아 없어지는 것이 두렵지만
부드럽게 남긴 촉감의 기억이 있어
바람이라도 만지는 날에는
미끄러웠던 그를 문질러 본다

―「비누」부분


기억에는 늘 과정이라는 흐름의 상태가 여전히 진
행형으로 존재한다. 예술은 근본적으로 기억의 과정
에서 추출한 인상적인 장면의 변용일 경우가 상당하
다. 기억의 의식작용에 준하여 우리의 심미적 판단은

예술의 방향성과 그 경향적 상태를 조성해 나가기 시작한다. "손가락으로 꾹 눌러도/ 누른 자욱이 기억"이 되는 과정의 기억에서 도출된 인상과 이미지는 현실에서는 "흐드러지는 살갗을 움켜잡고/ 단단한 생각"을 반대급부적으로 촉진하는 계기를 심어주기도 한다. 일종의 기억의 반작용은 예술적 심성으로 작용하는 상호성을 갖는다. 그러면서 「비누」가 가지는 감각적 인상과 "기억들"은 일반 사물에서 존재의 대상으로 이첩되며 "그에 관한 기억들"로 "두 손에서 미끄러"지듯 확장되는 시적 계기를 맞기도 한다.

다른 예술 장르가 가진 과정상의 내용들이 생략과 함축의 이유로 단축되거나 소거될 때, 시의 경우라면 여기에 뒤지지 않을 만큼 함축적 경제의 장르 예술이라 할 수 있다. 그런데 여기서 이장호의 시가 갖는 하나의 특이점은 과정의 미학이 갖는 특이한 동선을 통해 시적 긴장을 옹립한다는 점이다. 예로 한참 쓰인 비누가 "욕실에 불이 꺼지고/ 어둠 속으로 한낮의 기억이 내려앉으면/ 흐드러지는 살갗을 움켜잡고/ 단단한 생각을 해야 한다"는 언술은 참으로 첨예하고 섬세한 관찰과 응시의 시적 감각의 언술이라 할 수 있다. 사물이 지닌 변화의 과정을 시적 에스프리로 교감하는 남다른 시인의 면모야말로 예술적 발흥의 주요 인자라 할 수 있기 때문이다.


## 2. 과정이라는 어머니, 그리고 사랑의 에피그람

다양한 형태와 장르에 있어서의 과정을 우리는 의당 거칠 수밖에 없는 기계적인 순서, 혹은 사물의 결과를 만들어 내는 불가피한 공정쯤으로 여기는 경우가 있다. 그러나 시인에게 있어 과정의 뉘앙스는 좀더 심오하고 남다른 에스프리와 정서적 색채를 띤다. 그것은 결과라는 꽃을 만들어 내는 중요로운 양상으로 그 자체로 목적성을 지니면서도 충분한 정서적 미감을 품고 의미 있는 발산의 기미를 진작한다. 소중한 과정으로서의 대상과의 진솔한 대면은 그대로 존재의 진실을 전달하고 공유하며 서로 교응하고 향유하기 위한 삶의 아우라를 품어낸다. 진실은 가공이 아니라 자연스러운 창출임을 은연중에 현시하는 것도 과정의 너름새 안에서의 일이다.


가슴을 부풀려서 숨을 마셔 봐
입속을 둥글게 만들어 소리 내는 거야
자음은 없어도 괜찮아
하나의 문장이 아니어도 좋아

느끼는 그대로 담아서 보내 줘

높고 낮음이 없어도 좋겠어
감탄사처럼 마음이 느껴지는
한마디 모음이라면 충분해
소리를 낼 수 없으면 모양만 보여 줘
가까이 있으니까 그걸로 충분해

배우지 않아도 표현할 수 있는
언어나 문장이 아니어도 괜찮은
모음으로 말해 줘

　　　　　　　　　　　 ―「모음으로 말해 줘」전문


　과정이야말로 때로 외롭고 아름다운 익명이다. 본래적으로 보자면 유명이면서 무명의 존재의 성립이자 자기수발인 경우다. 그런데 이 과정은 충실한 동물의 내장이며 식물의 뿌리와 같다. 어느 터럭 하나도 과정을 생략하거나 몰각하고서 그 형상을 추인할 수가 없다. 과정은 그래서 원래 모든 실증의 어머니이며, 여전히 태동과 생명을 거듭하는 코스모스(cosmos)이지 않을까 싶다. 비유적인 차원만이 아니라 다양한 의미론적 관점에서도 과정은 어머니, 즉 모성의 어법으로 시작되는 심연을 보여준다. 모성이 만들어 내는 모든 희생과 양육과 창출은 "한마디 모음이라면 충분"한 마음의 시작에서부터 출발한다.

  이장호 시인에게 이르러 '모음(母音)'은 늠늠한 존재의 가슴으로 다가온다. 그것은 언어의 구성요소가 아니라 존재의 숨결을 연결하는 마음의 진동자 같은 것이다. "감탄사처럼 마음이 느껴지는" 그 지점에서 우리는 존재의 충일함에 젖게 된다. 그러니까 "모음"은 존재를 긍정적으로 파생시키기도 하고 근원적으로 집중시키기도 하는 "언어나 문장이 아니어도 괜찮은" 사랑의 코스모스 같은 것이다. 일용할 수 있으므로 영원에 가까이 갈 수 있는 활력의 전위로써의 모음은 자애로움 자체일 수밖에 없다.


        쿨하고 맘에 담아 두는 게 없어야
        오래가는 줄 알았어

        바닥 저 밑에서부터
        스미지 않는 곳 없이 두텁게
        가라앉는 무엇이 있어야
        달달한 것이 되더라구
        겉은 부드러워 보이지만

사실, 오래 치대고 숙성이 되어야 해

한낱 가루에 지나지 않던 것이

달달함을 꼭 감싸 안으려면

견디기 힘든 고온에서 바싹 구워지면

잡균들도 끼어들 틈이 없지

탄탄해지는 거야 끝내

—「앙금빵」부분


　과정의 승리는 과정의 철저함이고 고달픈 기쁨이며 기쁨과 고됨을 상충하지 않은 채 그 고스란한 진행의 여정을 품는 일이다. 「앙금빵」에 있어서도 이런 과정의 예술은 먹거리가 갖추어야 할 필수 코스라는 당위성을 소급하면서 시적 전개와 결말을 맺기에 이른다. 기존의 관념이 "쿨하고 맘에 담아 두는 게 없어야/ 오래가는 줄 알았"던 것이라면 그것은 극히 일부이거나 보편성에 위배되는 것으로 화자의 경험치를 통해 판명나기 시작한다. 기존의 상식과 관념을 깨끗이 "바닥 저 밑에서부터/ 스미지 않는 곳 없이 두텁게/ 가라앉는 무엇"을 경험한 자에게 있어 '앙금'은 '앙심'의 거친 뉘앙스를 벗고 사물과 존재의 "달달함"의 지위를 얻게 되는지 모른다.

　어쩌면 이런 「앙금빵」에서 보여지는 과정론과 결

과론의 튼실한 체험적 이해와 관찰의 메커니즘은 "가라앉는 무엇이 있어야/ 달달한 것이 되더라"라는 삶의 일종의 에피그람(epigram)을 "바싹 구워"내기에 이른다. 이렇듯 시인은 시중의 '앙금빵' 하나에서도 그 과정의 철저한 진행이 지닌 의미를 섬세하게 헤아리고 그 숙성의 의미를 인생론적으로 구상화시키는 재주가 "탄탄"하다.

사람들을 만나러 갔었지요 아픈 사람과 아프지 않은 사람, 아플까 봐 혼자가 된 사람, 아파서 혼자가 된 사람

폐쇄 회로에 갇힌 지문이 자동문을 열어 주었어요 목표를 달성해야만 열리는 문은 그에게 아무 감정이 없어요 사람들을 만난다는 건 통증의 전달 과정입니다 체계적인 교육을 통해 감정의 낭비 없이 진통제를 투여하는 것이지요

왼발부터 내딛는 습관이 몸의 중심을 흔들고 상사에게 예스, 라고 대답하는 동안에는 항상 그의 왼발을 긴장하게 했지요 오른발이 끌리며 걷는 모습에 더 이상 회사를 다니지 못하고 집 근처

에 편의점을 차렸어요

　사람을 만나러 다니지 않아도 24시간 찾아오
는 사람들이 있어 편리합니다 필요한 것들을 필
요한 만큼만 포장해 두었으니 서로 감정을 교환
하지 않아도 됩니다

　편의점을 찾는 사람들은 혼자 갑니다 누구에게
나누어 줄 눈물도 사지 않아요 다른 사람을 위해
굳이 슬픔을 결제할 필요는 없으니까요
　　　　　　　　　　　－「슬픔은 팔지 않아요」 부분


　현대의 도시적 삶의 보편화는 오늘에 이르러 더 이
상 인적 분열이 불가능할 정도의 핵(核) 단위로 개인
화돼 있다. 흔히 독거라는 의미의 단독자적 생활로의
진화는 우리의 삶의 현황을 안타깝게 톺아보게 한다.
즉 "사람들을 만나러 갔"던 화자의 체험 속에서 대부
분의 사람들은 "아픈 사람과 아프지 않은 사람, 아플
까 봐 혼자가 된 사람, 아파서 혼자가 된 사람" 등으
로 개별화돼 있다. 그런데 이런 개별화된 "혼자"들은
저마다 편안하지 않고 행복하지 않은 상태를 유지하
기에 급급한 느낌이다. 특히나 "아플까 봐 혼자가 된

사람"이나 "아파서 혼자가 된 사람"이란 구절에 이르면 그 자체의 언술만으로도 아프게 다가온다. 그들은 대개 "아무 감정이 없"이 살아가야 하는 "감정의 낭비 없이" 살아가도록 유무형의 "체계적인 교육"으로 통제된 삶의 경우가 있는 듯하다. 거기에 "오른발이 끌리며 걷는 모습에 더 이상 회사"를 못 다니게 된 사람이 "집 근처에 편의점을 차"린 경우는 참으로 묘한 뉘앙스를 풍기기에 이른다.

"편의점을 찾는 사람들은 혼자"라는 인상적 포착에 더하여 그 소비의 항목에 "나누어 줄 눈물"과 "슬픔을 결제할 필요"가 없다는 화자의 씁쓸하고 황량한 인식은 아프게 다가온다. 그럼에도 이 시가 갖는 함의는 그 황폐한 도시적 삶의 피폐를 통해 역설적이게도 사랑의 갈급함을 반어적으로 드러낸다. "편리합니다"라고 했을 때 그것은 편리가 아니라 존재의 피곤을 겨우 감싸는 소비의 전략에 불과할 수도 있다는 판단이 깔려 있는 것은 아닐까.

이장호는 "다른 사람을 위해 굳이 슬픔을 결제할 필요는 없으니까요"라는 진술은 사랑의 모성이 이제 필요하지 않을까요, 라고 묻는 것만 같다. 그리하여 시인은 "다른 사람을 위해 애써 슬픔을 결제할 필요가 있어요"라고 내면의 경구를 간원하고 있는 것인지도 모른다. 이런 믿음이 활착하지 않는 우리의 삶에 어쩌면 "슬픔은" 가장 강력한 처방전의 시작일 수도 있고 살아가는 존재의 에피그람 같은 정서적 "투여" 일 수도 있다.


### 3. 회복의 과정, 과정의 회복

모든 회복은 결과로 먼저 오지 않고 과정으로 먼저 진행해 온다. 과정을 거치지 않으면 그것은 회복이 아니라 면피이거나 다른 악화의 징후일 경우가 대부분이다. 사물이나 존재에 있어서 과정이 종요로운 지점이 바로 여기에 있다. 시나 예술에 있어서의 참다운 독창성의 실현은 이런 아픔이나 고통의 과정이 형성될 때 모종의 모멘텀을 갖는다. 지난하지만 그리고 때로 정체의 시기와 지루한 공간의 체류이지만 우리가 과정을 소요하는 것은 그것이 존재의 형성과 생명력의 보답으로 응답하기 때문이기도 하다.


궁금한 안부에 퉁퉁하던 반응은 속을 갈라 보
고야 알게 된다
씨앗들이 파먹고 남긴 것은 노랗게 휜 공간
그 빈 곳을 숨기려고 껍질에 잔뜩 힘을 주고 있

었나 보다

　엄마는 노랗게 아팠다
　지천이 은행잎으로 깔린 공원을 자주 걸었고
　시집도 오기 전부터 고개 숙인 벼밭을 거두기
도 했다
　맑은 눈에 노란 물을 들이고 나서부터는
　돌아누우며 뜨거운 음식을 멀리 두었다

　차갑게 식은 죽을 데우고 있지만
　나는 아직 어느 한 곳도 뜨거워지지 못하고
　노오란 동굴만 파고 있는 중이다
　　　　　　　　　　　－「노랑은 색이 아니에요」 부분


　늙은 호박 혹은 청둥호박이라고 하는 시적 대상을
가르고 훑으면서 시인이 유난스레 보는 것은 '노란
색'이 가지는 문제의 환기이다. 여느 상식선에서 보
면 이 호박의 안팎의 노란색은 일견 그저 당연한 것
이고 특별한 것이 아닐 수도 있다. 그러나 시인에게
늙은 호박을 다루며 느끼는 빛깔은 "엄마는 노랗게
아팠다"라는 구절로 아픈 시절을 소환하는 매개의 빛
깔이다. 그러니 화자에게 있어 노란색은 "맑은 눈에

노란 물을 들이"는 어머니의 황달이라는 고통의 징후
로 파악될 때의 현실일 수밖에 없다.

　노란색이라는 경험의 징후는 일반적인 색채감각을
지우고 거기에 존재가 겪었던 심신의 파란(波瀾)을 대
체하는 증상으로만 갈마들 뿐인지도 모른다. 그럴 때
현재의 맷돌호박은 허방을 짚듯 "노오란 동굴만 파고
있"을 따름이고 실제는 노랑으로 대칭되는 과거의 아
픔을 "노랗게 휜 공간"으로 불러들이는 기억의 처소
로 작용한다. 고통이 끝난 후에도 여전히 고통의 수
준을 동반하는 기억의 과정은 그래서 아직 끝나지 않
는 회복의 과정과 같은 맥락을 경유하게 된다.


　　고구마가 익어가고 있다
　　가마에 들어가기 전 촉촉하게 당도가 오르고
　있는 현재진행형이었다


　　가마를 나와 맥반석 위에 있는 것은 더 이상 고
　구마가 아니라고 봐야 한다
　　구웠다는 것은 과거형이기 때문에 날것의 특성
　을 기대할 수 없으며 전분이 묻어나는 지난날로
　돌아갈 수도 없는 것이다

따뜻한 온도를 유지하는 것은 구웠다는 과거를
알리기 적합한 방법이다
　가마 옆에 집게는 누군가에게 뜨거움을 암시
하는 것이다

　(… 중략 …)

　씨앗이 없는 몸으로 봄을 기다린다는 것처럼
슬픈 일이 있을까
　불꽃이 가라앉은 맥반석 위에서 일체의 고뇌가
소멸되어 버리고
　마침내 뜨거운 열반에 들 수밖에 없다
　　　　　　　　　　　　　　　－「군고구마」부분


　이장호 시인의 사물을 보는 눈썰미는 전후 관계를
살피고 상상하는 나름의 인과율에 부합하고 이런 사
고는 특이하게도 설명적인 과정이나 결과의 예시에
한정되지 않는다. 오히려 그런 과정의 특이점들이 파
생시키는 사물과 존재의 변이를 통찰해 낸다. 즉 "일
체의 고뇌가 소멸되"고 "마침내 뜨거운 열반에 들 수
밖에 없"는 고구마의 물성에 다다르는 맥락을 시화
(詩化)하기에 이른다. 비록 "씨앗이 없는 몸으로 봄을

기다린다는 것"의 허망함을 예견하기도 하지만 그것은 즉물적인 판단일 뿐 시인은 다시 또 다른 변화의 기미에 촉각을 곤두세우고 그 전환된 상태의 사물인 "고구마"의 위상을 존재의 차원으로 환원한다. 서로 겨루듯 고구마와 "맥반석"은 대치하는 듯하지만 어느 순간 "뜨거운 열반"이라는 과정의 종착점을 통해 하나의 깨달음 같은 시정(詩情)에 다다르게 된다. 즉 고구마로 상징되는 모든 사물은 인위적이든 자연적이든 변화의 과정을 통해 또 다른 사물과 존재로의 회복 가능성을 진행 중이라는 전언이 이 시편엔 나름 녹아 있다.

변화가 망실이 아니며 그 과정이나 결과 또한 원형의 손실이 아니라는 것은 "날것의 특성을 기대할 수 없"음에도 우리가 갖는 회복의 과정은 좀 더 거시적인 차원의 흐름임을 재차 현시한다.


생각은 물을 먹고 자라서 마음이 된다
물을 먹고 가슴에서 믿음이 된다

이유 없이 끓어오르는 것은 없다

섭씨 구십칠도

뜨거운 울음은 사슬을 녹이고

마음을 움직인다

내가 떠난 빈자리

국물도 없는 그 자리

뜨거웠던 흔적도 없는

—「라면에 대하여」 부분


　소소한 일상 속에서 우리가 인스턴트 음식으로 즐
기는 「라면에 대하여」 시인의 눈길은 자못 진지하고
웅숭깊은 마련이다. 무엇보다 라면을 끓이는 와중에
도 면발과 수프와 물이 이뤄내는 간단한 레시피 속
에서 물의 가능성 혹은 그 기능성을 새삼 골똘히 주
목한다. 물이 간단한 요리에 매개하는 작용뿐 아니라
시인의 심신에 반영되는 물성의 의미도 함께 다루고
있다. 즉 "생각은 물을 먹고 자라서 마음이" 되는 독
특한 생리적 과정과 "물을 먹고 가슴에서 믿음이 된"
다는 심리적 메커니즘을 제시한다. 선언적인 분위기
가 있기는 하지만 물에 관한 화자의 직관적인 언술
은 물과 회통하는 인식의 남다른 깊이를 짐작케 한
다. 이런 물의 심리적 작용의 속성은 "섭씨 구십칠도/
뜨거운 울음"으로 모종의 "사슬을 녹이고/ 마음을 움
직"이는 변용의 과정을 진전시켜 보여준다.

일찍이 동양의 노담(老聃)선생은 '上善若水(상선약수)'라 했다. 일찍이 '물처럼 제일 윗길인 것은 없다'는 전언인데, 이 전언의 유효함은 고금을 통틀어 물이 보여준 신비로우면서도 보편적인 작용의 현황으로 드러난 결과이다. 화자가 보듯 "마음을 움직"이는 결과적 상태는 물을 대하는 과정 속에서 융화된 흐름의 일부인 것이다. 이런 몸과 마음의 흐름은 어느 순간 "내가 떠난 빈자리/ 국물도 없는 그 자리"로 다시 환원되고 쇠퇴하는 듯하지만 이 또한 동양학적 관점에서 보면 물의 순환, 즉 마음의 움직임처럼 물과 관련한 흐름의 일시적 결과나 현상일 따름이다. 즉 좀 더 너른 시야를 빌리면 모든 숨탄것들과 현상은 충만과 고갈을 반복하거나 그 어느 지점의 흐름 위에 모든 존재를 위치시키고 있을 따름이다. 어찌 보면 정도의 차이를 달리하며 모든 것은 회복적 순환을 고리선상에 놓은 셈이다. 시인은 그 회복의 물로 요리된 음식을 그윽이 응시하고 통찰의 모멘텀을 갖는 채취자이기도 하다.

　　　　자전과 중력이 작용할 뿐
　　　　감정의 문제가 아니다
　　　　어떤 힘도 더하지 않는

그곳에서 중심을 잡아야 한다

끝없이 뜨거움을 간직하며
시간을 못 이기고 식어가는 마음
그림자에 숨겨 두자

계절을 모르는 나무처럼
아픈 나이테 하나 없이 살아가자

— 「적도에 가자」 부분


이장호 시인의 중립적인 혹은 중용(中庸)의 사고는
세상의 그 "어떤 힘도 더하지 않는/ 그곳에서 중심을
잡아"보려는 부단한 자기 갱신의 노력에 나름 혼신
의 힘을 보태고 있다. 그것이 때로 흔들리거나 세파
에 좌절되는 우여곡절을 겪을지언정 그런 의식의 줏
대나 중심은 혼란스럽고 비정한 세상을 헤쳐 나가는
자기 회복의 좌표가 되곤 한다. 그것이 비록 "시간을
못 이기고 식어가는 마음"으로 처지더라도 "끝없이
뜨거움을 간직하"려는 초발심은 "계절을 모르는 나무
처럼" 존재의 사계절 모두 "아픈 나이테 하나 없이 살
아"갈 존재의 활력을 도모한다.
　이 모든 시인의 꿋꿋한 의지와 열정은 앞서 언급한

예술 전반에 있어서 정직한 자기 발견을 통한 인상적인 예술적 창출을 이끌어낸다. 과정에 있어서의 정직한 체험적 수렴과 거기에 기반한 진솔한 존재의 현황을 시화하는 것은 아픔을 모르는 무지함에서 벗어나 진정한 눈부신 아픔을 통한 개선과 존재의 회복에 신선한 마중물의 역할을 한다. 시인은 아프지 않거나 좌절하지 않는 완벽한 존재가 아니다. 오히려 여러 형태의 결손과 부족과 어려움에 처하더라도 거기서 존재의 언어를 발견하며 회복의 과정을 밟아가고 열어가는 사람이다. 그리하여 시인은 결과와 목적만이 판치는 세상에 참다운 과정의 회복을 선언하는 선량하고 늦된 존재인지도 모른다.

소울앤북 시선
**노랑은 색이 아니에요**

초판 1쇄 발행 | 2023년 11월 27일

지은이 | 이장호
편집인 | 이용헌
펴낸이 | 윤용철
펴낸곳 | 소울앤북
주　소 | 경기도 파주시 회동길 325-22, 3층
편집실 | 서울특별시 중구 삼일대로 6길 15, 3층
전　화 | 02-2265-2950
등　록 | 2014년 3월 7일 제4006-2014-000088

ⓒ 이장호, 2023

ISBN　979-11-91697-27-8　03810